나보란 듯 사는 삶

Nihil Obstat :
Rev. Pius Lee
Censor Librorum
Imprimatur :
Most Rev. John Baptist Jung Shin-chul, S.T.D., D.D.
Episcopus Dioecesanus Incheonensis
2019. 5. 21.

나보란 듯 사는 삶

2019년 5월 21일 교회인가(천주교 인천교구)
초판 1쇄 발행 2019년 5월 31일
초판 2쇄 발행 2019년 6월 5일

지은이　　조명연
펴낸이　　정해종

책임편집　김지환　　　편집　　　강지혜, 김지용
마케팅　　고순화　　　경영지원　이은경
디자인　　책은우주다　제작　　　정민인쇄
펴낸곳　　㈜파람북
출판등록　2018년 4월 30일 제2018-000126호
주소　　　서울특별시 마포구 양화로12길 8-9, 2층
전자우편　info@parambook.co.kr　인스타그램 param.book
페이스북　www.facebook.com/parambook/　네이버 포스트 m.post.naver.com/parambook
대표전화　(편집) 02-2038-2633　(마케팅) 070-4353-0561

ⓒ조명연, 2019
ISBN 979-11-90052-05-4 03810

나보란 듯
사는 삶

빠다킹 신부의 소확행 인생사용법

조명연 에세이

파람북

우리 모두는 고유하며
존엄한 존재입니다

자존감 높은 사람이 되어야 한다는 말을 많이 듣습니다. 자존이란 스스로 자신에 대한 존엄성을 지키는 것입니다. 개인의 고유한 삶이 존중받지 못하고 사회의 잣대로 평가받는 현대인에게 자존은 무엇보다 중요한 가치입니다. 다른 사람들에 의해 나의 가치관이 흔들리고 인생에 부정적인 영향을 끼친다는 것은 그 자체로 비합리적입니다. 그래서 스스로 자존감을 세워서 자신의 행복을 만들어가야 합니다.

　우리는 사람들과 함께 어울려 살아가야만 합니다. 물론 타인에 대해 배려와 사랑을 베풀 수 있어야 하는 것은 당연합니다. 하지만 자기 자신이 제대로 살지 못하면, 남들에 대한 배려와 사랑도 있을 수 없습니다. 자존감이 낮은 사람은 높은 곳에 올라가 있는 사람들을 바라보며 자신의 초라함만 생각할 뿐입니다. 그러면 충분히 해낼 수 있는 일 앞에서도 용기를 내지 못하고 주저앉아버리고 맙니다. 그러나 자존감이 높은 사람은 미래를 바라보면서 좀 더 나은 나를 만나려고 노력합니다. 그 결과 실제로 높이 올라갈 수 있습니다. 물론 그 높이가 사회적 지위를 뜻하지는 않습니다.

누가 자신에게 남과 비교하는 삶을 살라고 지시하거나 낮은 자존감으로 살 것을 명령했습니까? 아닙니다. 스스로 위축되어 자신을 열등한 존재로 여겼을 뿐입니다. 낮은 자존감이란 겸손이 아니며 그저 자괴감의 덫일 뿐입니다. 따라서 '남보란 듯 사는 삶'이 이 되어서는 안 됩니다. 그보다 온전한 자신을 바라볼 수 있는 '나보란 듯 사는 삶'을 살아야 합니다.

인터넷에 '빠다킹 신부와 새벽을 열며'라는 묵상 글을 써온 지 벌써 19년째입니다. 이 묵상 글을 쓰며 많은 사람에게 분에 넘치는 응원을 받기도 했지만, 비난 섞인 말도 많이 들었습니다. 심지어는 '차라리 글을 쓰지 않는 것이 낫다'라는 말을 듣기도 했습니다. 만약 그런 부정적 반응에 상처를 받고 묵상 글쓰기를 포기했다면, 지금의 제가 있을 수 없는 것은 당연합니다. 어떻게 보면 뻔뻔하다고 할 정도로 계속 글을 쓸 수 있었던 이유는 남보란 듯이 아니라 나보란 듯 살았기 때문입니다.

어느 책에서 이런 구절을 읽은 기억이 납니다.

"이 세상에서 가장 큰 죄는 '기분 나쁜' 상태로 있는 것이다."

　오랫동안 이 구절에 머물며 그 뜻을 헤아려 보았습니다. 나쁜 기분은 전염되기 때문에 기분이 나쁜 것은 개인의 감정 상태에 국한된 것이 아니라 스스로 보균자가 되는 것입니다. 가족이나 친한 친구가 기분 나쁜 상태로 있으면 어떻습니까? 그 옆에 있는 자신 역시 기분이 좋을 수 없습니다. 그러나 내가 기분 좋은 상태로 있으면, 이 역시도 전염됩니다. 우울한 기분이었지만 주변 사람들의 밝은 분위기로 인해서 내 마음이 좋아진 적이 있지 않습니까? 결국 지금 나 자신이 어떤 상태에 있는지에 따라서 다른 이의 기분을 좌우할 수 있기 때문에 '기분 나쁜 상태로 있는 것' 또한 죄악이라고 말하는 것입니다.

　어떻게 하면 신바람이 절로 나는 '좋은 기분'을 만들 수 있을까요? 바로 남 눈치를 보고 남과 비교하면서 살아갈 때가 아니라, 자기 자신에게 '괜찮다'라고 말할 수 있는 삶을 살 때 가능합니다. 이것이 진짜 나의 모습을 보듬고 살아가는 것이고, 이로써 주변 사람에게도 좋은 기분을 전달할 수 있습니다. 행복의 시작입니다.

　저는 이 책을 통해 제가 사색하고 발견했던 행복에 대한 작은 이야기를 나누고 싶습니다. 제가 어떤 큰 깨달음을 얻었다기보다 살아가면서 느꼈던 이 소박한 이야기가 실의에 빠져 있거나 삶에 지친 누군가에게 조그마한 힘이나마 된다면 제게는 큰 기쁨이겠습니다. 우리는 단 한 번뿐인 우리의 삶을 포기하지 않고 소중하게 여기며 행복하게 살아야 할 의무가 있습니다. 그런 면에서 이 책은 여러분을 향한 응원의 울림이기도 합니다.

올해는 제게 있어 특별한 의미를 가집니다. 가톨릭 사제로 산지 20년이 되는 해이기 때문입니다. 지난 20년을 되돌아보면 참으로 감사한 분들이 많습니다. 부족하고 나약하기만 한 저를 사제로 기쁘게 살 수 있도록 해주신 주님께 제일 먼저 큰 감사를 드립니다. 그리고 늘 기도와 응원으로 제게 힘이 되어주신 부모님과 가족들, 형제애로 함께해준 동료 사제에게도 감사 드립니다. 마지막으로 남보란 듯 말고, 나보란 듯 사는 저 자신에게도 고맙다고 말해주고 싶습니다.

2019년 갑곶 성지에서 신록을 바라보며

조명연

2장 새벽은 오는 것이 아니라 여는 것

3장

시작은 귀를 기울이는 것부터

4장 당신에게 이르는 머나먼 길

모든 것은
나로부터
비롯됩니다

커피 반잔의 질문

인생이란 폭풍우가 지나가기를 기다리는 게 아니라,
빗속에서도 춤추는 법을 배우는 것이다.

비비언 그린, 영국의 작가

옛날에 어떤 사람이 불로장생의 비법을 찾아 헤매다가 세상의 끝에 존재하는 동굴에서 한 신선을 만납니다. 이 신선은 그에게 영원히 사는 법을 알려주겠다고 했지요. 그곳에는 신비로운 운동기구가 있었습니다. 신선은 그에게 이 운동기구를 이용해 계속해서 운동하면 영원히 살 수 있다고 말했습니다.

　여러분이 이 신선을 만났다면 어떻게 하시겠습니까? 영원히 살 수 있다는 이 운동기구를 이용해서 운동하시겠습니까? 이 사람은 신선의 말을 듣자마자 너무 기뻐서 운동기구에 올라가 열심히 운동을 시작했습니다. 한참 운동하다 보니 슬슬 지루해졌고, 갈수록 몸도 마음도 점점 괴로워졌습니다. 그래서 신선에게 언제까지 운동기구를 움직여야 영원히 살 수 있느냐고 물었습니다. 그러자 신선은 이렇게 말했습니다.

"영원히 살고 싶다면, 영원히 운동해야 하느니라."

다른 것은 하나도 하지 않고 영원히 운동만 하면 영원히 살 수 있다는 겁니다. 어떻습니까? 당신이라면 영원히 운동만 하시겠습니까? 아마 그럴 분은 없을 것입니다. 우리가 이 세상을 사는 목적은 단지 오래 사는 것, 건강을 유지하는 것만이 아니기 때문입니다. 행복하지 않으면서 건강하게 오래 살 뿐이라면 괴롭기는 마찬가지입니다.

인생에서 가장 중요한 것은 무엇일까요? 단순히 그냥 사는 것이 중요하지 않고, 어떻게 사는지가 중요합니다. 어떻게 하면 행복하게 살 수 있을지 깊이 생각해봐야 할 때입니다. 하지만 많은 이가 그냥 마지못해 산다고 말합니다. 어떤 목적의식도 없이 그저 불평불만으로 가득 차 있을 뿐입니다.

삶과 죽음이 교차하는 참혹한 상황 속에서도 끝내 인간으로서 품격과 삶의 의미를 지키려고 노력했던 눈물겨운 이야기가 있습니다. 제2차 세계대전 당시 폴란드의 아우슈비츠 수용소에서는 추운 겨울 오후에 따뜻한 커피 한잔을 수용자들에게 주었다고 합니다. 물론 질 좋은 커피는 아니었지만, 워낙 춥고 배고팠기에 대부분 사람은 온기가 사라지기 전에 얼른 커피를 마셨습니다. 그런데 몇몇 사람은 반 잔만 마시고 나머지 반 잔으로는 자신의 얼굴과 손을 씻었습니다.

강제 수용소 안에는 샤워는 물론 세수를 마음껏 할 공간도, 대소변을 해결할 화장실도 없었습니다. 포로들을 냄새나고 더러운 몰골로 만들어 학살할 때 죄책감을 최소화하려고 했던 것이지요.

이런 상황에서 반 잔의 커피로 손과 얼굴을 씻는다는 것이 쉬웠을까요? 그들은 자신이 살아 있는 한 인간으로 존재한다는 생각으로 이렇게 행동했던 것입니다. 이는 놀라운 결과를 보여주었습니다. 커피 한잔을 다 마신 사람들은 대부분 강제 수용소에서 비참하게 생을 마감했지만, 살아남은 사람들은 주로 커피 반 잔으로 끝끝내 인간으로서 품위를 지키려 노력했던 사람들이었습니다.

강제 수용소 안에서는 단순히 먹을 것이 부족한 극한 상황 때문에 죽는 것이 아닙니다. 그보다 상황을 절망으로 받아들이기 때문에 죽는 것이었습니다. 이처럼 어떠한 상황에서라도 우리의 마지막 자존감을 지켜줄 반 잔의 커피를 마음속에 간직해야 하지 않을까요? 그렇다면 여러분에게 커피 반 잔은 무엇입니까?

모든 것은 나로부터 비롯됩니다

눈에 보이는 것이 전부일까요

빛은 비록 더러운 곳을 통과해도 더러워지지 않는다.

성 아우구스티누스, 초기 그리스도교의 교부이자 철학자

다음의 질문에 고민하거나 계산하지 말고 즉각 대답해보십시오.

1. 30일 동안 매일 100만 원씩을 받는다.
2. 30일 동안 첫째 날 100원, 둘째 날 200원, 셋째 날 400원, 넷째 날 800원 이런 식의 배수로 받는다.

1번과 2번 중에서 선택하라고 하면 무엇을 선택하시겠습니까? 대부분 1번을 선택하십니다. 안정적으로 보이는 1번은 한 달 동안 3,000만 원이라는 적지 않은 돈을 법니다. 이에 반해 2번은 처음에는 100원, 200원, 400원, 800원… 하루 100만 원에 비하면 터무니없이 적어 보이는 액수입니다. 시작이 너무 적어서 한 달 뒤 합산이 얼마 되지 않을 것 같지만, 매일 배수로 껑충껑충 뛰기 때문에 한 달이 되면 500억 원 이상이 됩니다. 이렇게 20일이 지나면 받을 수 있는 돈의 단위가 억으로 변한다는 사실을 사람들은 잘 모릅니다. 눈에 잘 들어오지 않기 때문입니다.

삶의 가치를 추구하는 것도 이렇지 않을까요? 눈에 보이지도 않는 가치를 좇는 삶이 과연 내게 무슨 소용이 있을까 싶지요. 지금 한순간 편하게 잘사는 것이 훨씬 더 낫다고 생각합니다.

하나 더 예를 들어보지요. '98% 무지방'이라고 광고하는 고기와 '1% 지방'이라고 광고하는 고기 중에 어떤 것이 더 잘 팔릴까요? '1% 지방'이라는 말은 '99% 무지방'이란 뜻인데도, '98% 무지방'이라고 선전하는 고기가 더 잘 팔린다고 합니다.

중고차를 살 때 사람들은 주행거리만을 본다고 하지요. 그러나 전문가들은 눈으로 확인할 수 있는 주행거리보다는 보이지는 않지만, 엔진이나 브레이크 등 차 내부 상태가 훨씬 더 중요하다고 말합니다.

눈에 보이는 것만이 진리는 아닌데, 우리는 때때로 눈에 보이는 것만 전부라고 착각합니다. 근본적인 것을 살피는 데 취약한 사람들을 미혹에 빠뜨리는 일종의 착시현상입니다. 단순히 눈에 보이는 정보에만 의지해 판단하면, 잘못된 선택을 할 때가 많습니다. 우리에게 다가와 끊임없이 유혹하는 것들이 대부분 그렇습니다. 본질을 흐리게 하여 결국 그릇된 길에 들어서게 유도하는 것입니다.

우리에게는 진정한 삶의 가치를 분별하는 안목과 세상을 조금 더 주의 깊게 바라볼 수 있는 시선이 필요합니다. 그것이 지혜입니다.

언제나 초심자와 같은 마음가짐으로
매 순간을 새롭고 신선하게 인식할 때,
우리는 비로소 행복한 경지를 맛본다.
조지프 골드스타인, 미국의 노벨생리의학상 수상자

아주 어렸을 때 제게 커다란 열등감을 안겨준 텔레비전 프로그램 하나가 생각납니다. 물론 재미있게 보기도 했지만, 어떠한 장면을 보면서 '왜 나는 저렇지 않지?'라면서 괜히 부끄럽고 어디에 숨고 싶은 마음도 들었습니다. 그 프로그램은 바로 〈묘기 대행진〉이었습니다. 지금으로 치면 〈세상에 이런 일이?〉, 〈생활의 달인〉과 비슷하지 않을까 싶습니다.

　이 프로그램에 종종 어린이들이 나옵니다. 이른바 천재나 영재 소리를 듣는 아이들이지요. 대단한 암기력을 보여주고, 외국어도 유창하게 합니다. 암산을 비롯한 어려운 문제도 척척 풉니다. 이런 어린이들과 비교해보면 부족해도 너무 부족한 나 자신이 초라하게 보일 수밖에 없었지요. 이런 아이들이 마냥 부럽고 나도 이렇게 천재나 영재가 된다면 얼마나 좋을까 싶었습니다.

제가 이렇게 부러워했던 이 아이들은 커서 과연 어떻게 되었을까요? 솔직히 어렸을 때 천재성이 성장해서까지 유지되는 경우는 거의 없다고 합니다. 실제로 4살 때 검사한 지능검사에서 IQ 210을 기록해서 세계에서 가장 머리 좋은 사람으로 기네스북까지 올랐던 사람이 지금은 아주 평범하게 살아갑니다.

부러워 보이는 것들이 사실은 그렇게 대단하지 않습니다. 특히 물질적이고 세속적인 것들은 부러움의 기간이 더욱더 짧아질 수밖에 없습니다. 역사 속 대단한 부자들이 많습니다. 그러나 그들이 후대에 인정받는 것은 무엇일까요? '돈'일까요? 아닙니다. 돈밖에 몰랐다면 욕을 먹을 테고, 존경과 사랑을 받는다면 그 '돈'을 잘 활용해서 이 세상에 크게 기여했기 때문일 것입니다. 결국 이 세상의 것들은 시간이 지나면 별것 아니게 될 가능성이 큽니다. 대신 미래를 바라보면서 했던 행동은 대단하게 평가받습니다.

예전에 잘나갔다는 분들이 술 한잔 걸치시면 "내가 왕년에~"라는 레퍼토리를 습관처럼 쏟아냅니다. 이런 말을 들으면 어떤 생각이 드십니까?

'와, 부럽다. 나도 그렇게 살아봤으면… 이 이야기는 들으면 들을수록 재미있어.' 이렇게 생각하시는 분은 하나도 없을 것입니다. 자신의 무용담 같은 이야기는 관심이 없고, 지금과는 전혀 상관없는 현실성 없는 이야기는 듣기 싫은 소리일 뿐입니다. 그렇다면 우리가 듣고 싶은 이야기는 무엇일까요? 자신의 미래를 바꿀 수 있는 이야기, 현재를 더욱더 풍요롭게, 그리고 충만하게 살게 해주는 이야기가 아닐까요? 따라서 미래를 바라보면서 살아야 합니다.

요즘에는 텔레비전을 잘 보지 않아서 모르겠지만, 명절 때마다 자주 보던 '마술쇼'였습니다. 아주 재미있게 그리고 흥미롭게 보았던 기억이 납니다. 마술사가 나와서 모자에서 비둘기나 토끼가 나오게 하는 것은 물론이고, 아름다운 여인을 관에 넣고 칼을 찔렀는데도 멀쩡하게 다시 나오는 모습은 너무나 신기했습니다. 그러면서 저 역시 이런 마술사가 되면 정말 좋겠다는 상상도 해보았습니다. 그러나 그 모든 것은 눈속임이고 꽤 오랜 시간 동안 연습에 연습을 거듭한 결과였다는 사실을 알게 되었지요.

어느 날 묵상하다가 문득 어렸을 때 모습과 지금의 제 모습을 비교하게 되었습니다. 지금의 제 모습을 어렸을 때 소망했던 적이 많았습니다. 신부가 되어서 미사를 집전하는 모습, 나만의 책을 출판하는 모습, 남들 앞에서 멋지게 강의하는 모습 등은 어렸을 때 가졌던 소망이었습니다. 하지만 그렇게 될 수 없을 것만 같았습니다. 신부가 되기에는 부족함이 너무 많았고, 책을 출판하기에는 글 솜씨가 부족했으며, 강의하기에는 남들 앞에 서는 것이 자신 없었기 때문이었습니다. 그런데 어렸을 때 불가능하다고만 생각했

모든 것은 나로부터 비롯됩니다

던 소망이 대부분 이루어졌습니다. 무엇이 되고 싶다기보다는 무엇을 하고 싶다는 작은 소망과 꾸준한 노력의 결실이 아닌가 합니다. 그것이 원대한 꿈과 특출난 재능보다 중요한 게 아닐까요?

파란 하늘, 흰 구름, 호기심으로 반짝이는 아이의 눈동자.
그것들을 보는 우리의 두 눈, 이 모두가 진짜 기적이다.

틱낫한, 베트남 출신의 승려이자 평화운동가

어느 날 저녁 책을 읽다가 커피가 마시고 싶었습니다. 누구는 밤
에 커피를 마시면 잠을 잘 수 없다고 하지만, 저는 전혀 그렇지 않
아 밤에도 종종 커피를 마십니다. 드립 커피를 만들기 위해 부엌
으로 가서 주전자에 물을 끓이고 드리퍼에 여과지를 끼운 뒤 그
라인더에 원두를 넣고 갈기 시작했습니다. 잠시 뒤 여과지에 곱게
간 커피를 넣고 뜨거운 물을 조금씩 붓습니다.

이것이 제가 커피를 만드는 순서입니다. 간단하지만 이렇게 여
러 단계를 거쳐야 맛있는 커피를 마시게 됩니다. 물론 커피믹스를
뜯어 컵에 넣고 뜨거운 물을 부어서 마시는 아주 편한 방법이 있
지만, 저는 약간의 정성이 필요한 드립 커피가 훨씬 맛있습니다.

누구는 "커피가 다 똑같지 뭐. 입에 들어가면 다를 것 없어"라고 말하기도 합니다. 그러나 커피를 좋아하는 저로서는 분명히 다릅니다. 그래서 커피를 마시기 위해 약간의 시간을 소비하는 것을 전혀 아까워하지 않습니다. 분명히 더 맛있는 커피를 맛볼 수 있으니까요.

커피 맛을 아는 사람은 이렇게 커피 만드는 시간을 아까워하지 않습니다. 남녀 간의 데이트도 그렇지 않습니까? 사랑의 맛을 분명히 알기 때문에, 데이트하는 시간을 전혀 아까워하지 않습니다. 만약 데이트하는 시간이 아깝다면서 만나자마자 "집에 가자"라고 한다면 어떻게 생각하겠습니까? 아마 '사랑하지 않는구나'라고 하면서 그만 만나려고 하지 않을까요?

예전에는 여행을 간다고 하면 계획을 철저히 세우려고 노력했습니다. 여행 관련 책을 찾아보면서 어디를 가야 할지 지도에 일일이 표시하며 동선을 확인하곤 했지요. 또한 여기에 반드시 필수적인 것은 맛집입니다. 어디에 맛있는 집이 있는지를 찾아서 그 집에서 한 끼를 먹는 것 역시 여행 준비에서 필수요소였습니다.

이렇게 여행을 다닌 지도 꽤 오래되었습니다. 그런데 어떤 여행이 정말로 잊지 못할 여행이었는지 떠올려보니 계획 없이 무작정 떠났던 여행이었음을 깨닫습니다. 바다가 좋아서 한없이 바다만 바라보면서 시간을 보낸 적도 있습니다. 어떤 특별한 일을 하거나 특별한 것을 보지도 않았습니다. 맛집을 찾으려고 힘들게 운전한 것도 아니었습니다. 하지만 그냥 편안하게 쉬면서 이것저것 생각하면서 보낸 시간이 더 잊지 못할 여행으로 남았습니다. 또한 계획 없이 떠났기에 우연히 펼쳐지는 일들 역시 여행의 재미에 흠뻑 빠지게 하는 요소입니다.

우리는 많은 것을 경험해야 의미 있는 시간을 보냈다고 생각합니다. 그러나 반복되는 일상에서 새로운 사람들과 마주치지 않아도, 딱히 이렇다 할 사건이 일어나지 않아도, 특별히 처리해야 할 것 없는 단조로운 생활 안에서도 충분히 의미 있는 시간을 보낼 수 있습니다. 사실 특별한 일이 일어난다면 신날 것 같지만 그렇지도 않지요. 그보다는 편안함을 느끼고 작은 기쁨을 만끽한다면, 이것이야말로 가장 의미 있는 시간이 아닐까요?

순수 원두를 갈고 커피를 내려 마시는 일도 그렇거니와, 새로운 풍경과 사람들을 만나는 여행에서도 사람들은 시간과 비용을 아까워하지 않습니다. 자신만이 느끼는 작은 기쁨이 있기 때문이겠지요. 설령 아무런 일이 일어나지 않는 날이라 해도 코끝에 스치는 바람 속에서 대지의 숨결을 감별해내고 부드러운 햇살 속에서 자신만의 고유한 방식으로 기쁨을 맛볼 줄 안다면, 이거야말로 진정 사는 '맛' 아닐까요?

지 있
혜 을
는 까

어
디
에

> 지혜란 우리가 얻어야 하는 어떤 것이 아니다.
> 지혜란 우리 자신이 점차 그렇게 되어야 하는 어떤 것이다.
>
> 레이첼 나오미 레멘, 미국의 의사

알렉산더 대왕의 일화가 하나 생각납니다. 친한 친구에게 훈련이
아주 잘되었다는 사냥개 두 마리를 선물로 받았습니다. 사냥을 즐
기는 알렉산더 대왕은 너무나 기뻐했지요. 곧바로 이 두 마리의
사냥개를 데리고 토끼사냥에 나섰습니다. 그런데 이 사냥개들은
사냥할 생각이 전혀 없습니다. 토끼가 지나가도 눈만 멀뚱거리며
그냥 바라볼 뿐입니다. 알렉산더 대왕은 화가 치밀었습니다. 친한
친구가 자신에게 장난을 쳤다고 생각했지요. 그래서 사냥을 마치
고 돌아온 뒤에 그 친구를 불러서 호통을 쳤습니다.

　"토끼 한 마리도 잡지 못하는 쓸모없는 개를 나한테 왜 선물한
것인가? 그대는 내가 그렇게 우습게 보이는가?"

친구는 알렉산더 대왕의 말을 듣고는 미소를 지었습니다.

"대왕님 그 사냥개들은 토끼를 잡기 위해 훈련된 개가 아닙니다. 호랑이나 사자를 사냥하기 위해 훈련받은 개입니다."

호랑이나 사자 같은 맹수를 사냥하려고 훈련된 개들이 약해 보이고 볼품없는 토끼에게 관심을 갖지 않는 것은 너무나 당연하겠지요. 알렉산더 대왕은 단순히 토끼사냥에 관심을 두지 않는다고 쓸모없는 개 취급을 했던 것입니다.

다른 이야기입니다. 동방의 한 임금이 인간에 대해서 알고 싶었습니다. 그래서 그 나라의 가장 지혜롭다는 현자를 불러서 인간에 대해 알려주는 500권의 책을 가져오라고 명했습니다. 현자는 500권의 책을 가져왔습니다. 막상 이 500권의 책을 차분하게 읽으려고 하니 나랏일이 너무 바빠서 읽을 시간이 없었습니다. 다시 현자를 불러서 이 500권을 요약해서 가져오라고 명합니다.

20년 후, 현자는 인간에 대한 500권의 책을 요약해서 50권으로 만들어서 가져왔습니다. 임금은 이제 나이가 들어서 책을 보는데 어려움을 느끼니 더 줄여오라고 했습니다. 그렇게 또 20년의 세월이 지나서, 백발이 된 현자는 딱 1권의 책으로 줄여왔습니다. 이제 죽음을 눈앞에 둔 임금은 정신이 혼미해서 이 책마저 도저히 읽을 수 없었습니다. 그래서 거의 죽어가는 목소리로 인간에 대해서 더 줄일 수 없느냐고 물었지요. 이에 현자는 다음과 같이 한 줄로 요약해서 곧바로 가져왔다고 합니다.

"사람은 태어나서, 고생하다, 죽는다."

인간이 뭐 별것 있겠습니까? 모두가 태어나서 고생하다가 그저 죽는 존재일 뿐입니다. 죽음 앞에선 누구나 평등합니다. 왕도, 신하도, 평민도, 노예도 마지막 눈꺼풀이 내려앉으면 그게 죽음입니다.

왕이라고 해서 지혜로운 생을 사는 것도 죽음 앞에 의연한 것도 아닙니다. 겉으로 드러나는 모습을 보고서 그 모습이 전부라고 생각하고 판단하는 것도, 허황한 생각에 빠져 인생을 낭비하는 것도 왕이나 우리나 별반 다르지 않습니다.

우리 주변에는 '지혜'라는 이름을 가진 사람들이 참 많습니다. 길을 가다가 "지혜야!"라고 부르면 몇 사람은 틀림없이 뒤를 돌아볼 것입니다. 그런데 우리 인생에서 지혜는 쉽게 만날 수 없습니다. 거리를 오가다 불현듯 앞에 나타나는 것이 아니라 끊임없이 마음을 가다듬고 노력을 기울일 때 발견되기 때문입니다. 지혜로운 사람은 겉모습에 연연하지 않고 그 안에 감추어진 보석을 찾아내며, 헛것에 빠지지 않고 실체를 바라볼 줄 압니다. 태어나 그저 고생만 하다가 허망하게 죽지 않으려면, 지혜의 안목을 키워야 합니다.

두려움 자체에는 아무 문제가 없다.
문제가 있다면 두려움 때문에 무력해지는 것이다.
파올로 코엘료, 브라질 출신의 소설가

전래 동화 중에서 「해님 달님」이 있습니다. 아마 다들 아실 겁니
다. 이 동화를 약간 변형한 이야기를 우연히 인터넷에서 볼 수 있
었습니다. 그 이야기를 기억나는 대로 적어봅니다.

　옛날에 떡 장사를 하던 어느 나그네가 산길을 가다가 몸집이
아주 큰 호랑이를 만났습니다. 호랑이는 나그네의 봇짐 안에 떡이
있다는 것을 알았는지 이렇게 말합니다.

　"떡 하나 주면 안 잡아먹지."

　그래서 떡 하나 주었지만 계속 요구하는 통에 가지고 있던 떡
을 모두 주고 말았습니다. 그런데 이 떡만으로는 시장함을 채울
수 없었는지 이번에는 이렇게 말합니다.

"팔 하나 주면 안 잡아먹지."

목숨이라도 부지해야겠기에 팔 한쪽을 주었습니다. 하지만 이것도 부족했는지 다른 쪽 팔도 달라고 해서 또 주고 말았습니다. 그다음에는 아무런 말도 하지 않고 나그네를 잡아먹으려고 하는 것이 아닙니까? 나그네는 억울했습니다. 호랑이 말대로 다 했는데 왜 약속을 지키지 않느냐고 따졌지요. 그러자 호랑이는 이렇게 말합니다.

"사실 나는 몸만 컸지 늙어서 이빨도 발톱도 없다네. 만약 자네가 맞서 싸웠더라면 나는 힘도 못 쓰고 도망쳤을 거야. 그런데 자네는 미리 두려움에 휩싸여서 자신의 소중한 것을 다 내주더구먼."

농작물을 쪼아 먹는 새들을 쫓으려고 사람이나 동물 모양을 만들어 논밭에 세워 두는 허수아비를 생각해보십시오. 새들은 허수아비 근처에 잘 오지 않습니다. 그러나 몇몇 호기심이 많고 용기 있는 새들은 몇 번의 시도 끝에 이 허수아비가 아무런 해가 되지 않음을 깨닫고는 허수아비의 어깨 위에도 앉고, 허수아비 바로 옆의 농작물을 쪼아 먹기도 합니다. 하지만 허수아비에 대한 두려움을 가졌던 새들은 아예 주변을 얼씬거리지도 못합니다. 우리도 두려움 때문에 해야 할 일을 하지 못하는 것은 아닐까요? 나 자신의 소중한 것을 모두 내려놓고서 포기하고 좌절에 빠지는 것은 아니었을까요?

세상에서 가장 무서운 것이 무엇일까요? 끔찍하고 자극적인 장면을 보여주는 공포영화, 감당하기 힘든 피해를 안겨주는 자연재해, 고통을 가져다주는 각종 질병, 어렵고 힘든 업무 등 우리 삶에서 두려움을 유발하는 것은 참으로 많습니다. 그중에서 무엇보다 큰 공포는 죽음에 대한 공포가 아닐까요?

과학자들은 인류의 기원부터 지금까지의 시간을 137억 년 정도로 봅니다. 이 137억 년 전인 빅뱅의 순간부터 지금까지 1초도 쉬지 않고 지구상의 모든 것은 죽음을 통해 소멸하고 있습니다. 사람도 태어나는 그 순간부터 사실은 죽음을 향해 가면서 시간을 소비하는 것입니다. 그렇다면 어떤 것보다도 가장 두려운 것이 무엇이라고 할 수 있을까요?

맞습니다. 시간입니다. 시간은 어떤 것도 예외 없이 소멸시키는 가장 무서운 것입니다. 그런데 이 시간이 가장 무섭다며 벌벌 떠는 사람이 있습니까? 이렇게 무서운 시간과 함께 살 수 없다면서 자신의 삶을 포기하는 사람은 없습니다. 그냥 받아들이면 된다는 것을 잘 알기 때문입니다.

이렇게 가장 무서운 시간을 아무렇지도 않게 받아들이는 우리입니다. 그렇다면 다른 어떤 것이 우리를 두려워하게 할 수 있겠습니까? 정작 무서워해야 할 것을 대수롭지 않게 생각하면서, 두려워하지 않아도 되는 것을 두려워한 것은 아니었을까요? 우리는 어떤 것도 거뜬하게 이겨낼 힘이 있습니다. 단지 그 힘을 제대로 발휘하지 못하거나 잘 활용하지 못할 뿐입니다. 우리의 부족함과 나약함 때문에 별것도 아닌 것을 전부라고 착각하며 힘들어하고 있습니다.

아니지요 실패가 패배는

성공이란 열정을 잃지 않고 한 번의 실패에서 다음 실패로
넘어갈 수 있는 능력이다.

윈스턴 처칠, 노벨문학상을 받은 영국의 정치가

남아프리카공화국 최초의 흑인 대통령이자 인권운동가인 넬슨 만델라를 잘 아실 것입니다. 그는 종신형을 받고 27년간 복역하면서 세계인권운동의 상징적 존재가 되었습니다. 오랫동안 복역하면서도 절망이나 포기를 몰랐던 것으로도 유명하지요. 실제로 그는 이러한 말을 자주 했습니다.

"나는 절대로 지지 않는다. 이기거나 배운다."

한 번의 실패 때문에 모든 것이 끝났다고 생각하는 사람들이 있습니다. 부끄럽기도 하고 돌이킬 수도 없다면서 후회와 낙담의 시간을 보냅니다. 넬슨 만델라의 말처럼 실패는 패배가 아닙니다. '실패'라는 이름의 패배는 없다고 여겨보십시오. 지는 것이 아니라

또 하나의 길을 배우는 것이며, 다음 도전은 그만큼 성공의 확률이 높아지는 것이라고 말입니다.

포기하지 않고 끝까지 앞으로 나아가려고 노력하는 사람들이 이 세상에 커다란 변화를 가져왔습니다. 그리고 이 점에 대해서는 정신치료 전문가들도 말합니다. 갑자기 큰병을 얻은 사람들은 인생에서 하나의 커다란 실패를 경험했다고 생각합니다. 그러나 똑같은 병에 걸리더라도 스스로 실패자라고 여기는 사람은 호전되지 않지만, 질환을 결과가 아닌 과정으로 받아들이면서 희망을 찾는 사람은 분명히 상태가 호전되었다고 합니다.

우리 삶에서 실패처럼 보이는 순간들이 분명히 있습니다. 그러나 희망을 놓치지 않는다면, 그 실패가 또 하나의 길이 된다는 것을 깨닫습니다. 절대로 포기하지 마십시오.

저는 운동을 좋아하고 또 실제로 많이 합니다. 특히 걷는 것을 무척이나 좋아해서 웬만한 거리는 걸어 다닙니다. 요즘엔 하는 일이 많아지면서 운동과 걷는 데 할애하는 시간이 많이 줄어든 것이 사실이지만, 여전히 시간이 나면 걸으려 하고 또 다른 운동을 하려고 합니다.

어제는 오랜만에 꽤 많은 거리를 걸었습니다. 어제 하루 동안 걸은 거리를 확인해보니 2만 보 이상이었습니다. 그런데 무리가 되었는지 너무 힘들었습니다. 그동안 운동을 게을리했기 때문이겠지요. 발바닥도 아프고, 땀도 많이 나고, 물만 계속해서 들이 키게 되면서 어디 평평한 자리에 주저앉아 쉬고만 싶었습니다. 그러나 만약 여기서 포기하면 다음번에도 이 정도에 힘들어하고 포기할 수밖에 없다는 사실을 잘 알기 때문에 포기하지 않았습니다. 지금 이 순간을 견디면 다음에는 훨씬 더 수월할 것이며, 힘들어도 고통이 아닌 즐거움으로 받아들일 수 있다는 사실은 경험을 통해 이미 잘 알기 때문입니다.

요즘에는 아이들부터 어른들까지 사진 찍는 것이 하나의 취미로 자리 잡아 일상화되었습니다. 휴대전화를 통해서도 전문가 못지않은 사진 실력을 뽐내는 분들이 얼마나 많습니까? 저 역시 어느 순간부터 부피가 큰 사진기를 내려놓고 휴대전화를 이용해서 사진을 찍습니다. 전문가도 아니며, 전문가가 될 생각도 없기 때문에 이 정도로도 충분하다고 생각했기 때문입니다.

예전에 제주도에 갔다가 표선에 있는 김영갑 갤러리를 방문한 적이 있습니다. 처음에는 그냥 흔한 화랑 중 하나라고 생각했는데, 김영갑 작가의 삶을 알게 되면서 새로운 면을 볼 수 있었습니다.

그는 1985년 제주도에 들어온 뒤에 가난과 고독 속에 살면서 제주도의 오름을 배경으로 한 자연풍경을 소재로 수많은 사진 작품을 남겼습니다. 그런데 루게릭병(근위축성측색경화증)에 걸린 것입니다. 근육이 점점 경직되는 상황에서도 작품 활동을 멈추지 않았고, 표선에 자신의 전시장인 김영갑 갤러리 두모악을 직접 꾸며 운영하다가 2005년에 삶을 마쳤습니다.

전에 루게릭병을 앓는 분을 만난 적이 있습니다. 그 병이 얼마나 무서운지 그분을 통해 잘 알게 되었지요. 온몸의 근육이 굳어버리고 심장을 감싸고 있는 근육까지 굳어버려서 죽음에 이르는 무서운 병입니다. 죽음 직전까지 어떤 괴로움에 시달리는지 직접 보았기 때문에 김영갑 작가의 열정이 얼마나 대단한지 알 수 있었습니다. 그래서 그의 사진이 그냥 일상 안에서 휴대전화로 찍는 사진과 다를 수밖에 없음을 깨닫게 됩니다.

자기 인생을 사진에 모두 걸었기 때문입니다. 사실 우리는 참 많은 것에 신경을 씁니다. 이것도 중요하고, 저것도 중요하다고 하면서 어느 하나에 집중하지 못합니다. 그러나 김영갑 작가는 오로지 사진에만 집중했습니다. 온몸이 으스러지는 고통을 견디면서도 절대 포기하지 않았습니다. 그 결과 세상 사람들이 깜짝 놀랄 만한 작품들을 남길 수 있었던 거지요. 넬슨 만델라도 김영갑 작가도 자신의 전 생애를 걸었습니다. 저 역시 지금 전 생애를 걸고 신부의 역할을 하는지 가끔은 의문이 듭니다.

남의 행위를 비방하지 말라.

남을 비방하는 것은 쓸데없이 자기 자신을 피곤하게 하며,

커다란 과실을 범하는 것이다.

자기 자신을 성찰하라.

그때 비로소 그대의 하는 일이 정당해지리라.

랄프 왈도 에머슨, 미국의 사상가

가족에 대해 적대적인 마음을 가진 한 형제님을 만난 적이 있습니다. 자신이 어려웠을 때 가족들이 모두 외면했다는 이유였지요. 그런데 자세히 들어보니 그럴 만도 했습니다. 몇 차례 사업에 실패했는데, 그때마다 가족의 도움을 받았습니다. 그리고 또다시 어려움을 겪게 되면서, 이번에도 가족에게 도움을 청했다고 합니다.

급기야 "이제 더 이상 도와줄 수 없다"라는 말을 듣게 됩니다. 무릎까지 꿇으면서 제발 한 번만 살려달라고 부탁했지만, 가족 모두 외면했답니다.

형제님께서는 가족이 어떻게 이럴 수 있느냐면서 이제 가족들을 절대로 만나지 않겠다고 말합니다. 하지만 이 형제님의 커다란

착각은 사랑과 희생을 구분하지 못했던 것이 아닐까 싶습니다. 일방적 희생이 사랑이라고 생각했던 것이지요. 사랑은 누군가를 살게 합니다. 이에 반해 일방적인 희생은 누군가를 죽게 할 수도 있습니다. 이 형제님은 일방적 희생으로 자신을 살게 하는 것이 가족 간에 가져야 할 사랑이라고 생각했습니다. 이 일방적 희생으로 상처를 받는 누군가가 생긴다는 점은 생각하지 못한 채 말이지요.

문제의 시작이 바로 자기 자신에게 있음에도 자신의 생각 안에 갇혀 있다 보니 사랑 없는 가족으로 생각할 수밖에 없었고, 도저히 용서할 수 없다는 말로 가족과 거리를 둘 수밖에 없었습니다.

이처럼 상대방의 입장을 전혀 고려하지 못한 채 자신만의 생각에 갇혀 있는 분들이 많습니다. 그 생각이 상대방은 물론 자기 자신 역시 너무나도 힘들게 하지요.

만약 부모가 자녀가 아닌 제3자에게 유산을 물려준다면 어떨 것 같습니까? 아마 부모의 이런 결정에 대해 자식들은 원망과 불평을 터뜨릴 것입니다. 어떻게 부모로서 자식을 외면할 수 있느냐면서 큰소리로 부당함을 강조하겠지요. 그런데 여기서 부모가 왜 이런 결정을 했는지는 전혀 생각하지 않습니다.

어느 부자 노인이 병든 자신을 수년간 정성스럽게 돌봐준 어떤 이에게 재산의 상당 부분을 상속한다는 유언장을 작성했습니다. 노인의 자녀들은 이 사실을 알게 되었습니다. 아마 깜짝 놀랐겠지요. 이런 결정을 한 아버지에게 서운하고 원망스러운 마음이 가득할 테고요. 한편으로는 부자 노인이 긴 병에 정신이 흐려졌거나 마음이 약해서 잘못 판단했다고 생각할 수도 있겠습니다.

하지만 상속하겠다는 이 부자 노인의 마음은 확고했습니다. 정신 또한 온전했지요. 자신이 가장 어렵고 힘들었을 때 함께했던 사람이 혈육인 자식보다도 더 소중하고 고마웠다는 것이지요. 먹고살기 힘들다는 이유로 나 몰라라 하며 부모를 거의 외면하다시피 한 자식들보다 어떤 조건도 없이 늘 자신의 곁을 지킨 그분이 더 고맙기 때문입니다.

비록 '혈육'이라는 특수한 관계라 해도 아무런 왕래가 없고 철저하게 외면하며 산다면 이웃만도 못할 수도 있습니다. 반면 사돈의 팔촌도 아닌 남이라 할지라도 서로 사랑의 관계가 이루어진다면 혈육보다도 더 깊은 마음을 나누며 함께하는 사람이 될 수 있습니다. 노인의 자식들은 스스로 문제가 있음을 먼저 깨닫지 못하고 외부에서만 문제점을 찾으려 했습니다. 사실 모든 문제의 근본은 다름 아닌 바로 나 자신에게 있는 것입니다.

나무 그늘 아래

네 믿음은 네 생각이 된다.
네 생각은 네 말이 된다.
네 말은 네 행동이 된다.
네 행동은 네 습관이 된다.
네 습관은 네 가치가 된다.
네 가치는 네 운명이 된다.

마하트마 간디, 인도의 민족운동 지도자

로마제국의 시인 호라티우스는 시간을 두 가지로 구분합니다. '남을 부러워하다 보낸 세월'과 '바로 이 순간'입니다. 그리고 남을 부러워하고 시기하다가 흘려보낸 세월을 멈추고 새롭게 시작하는 순간을 위해 살아야 한다고 말했습니다.

사실 우리 개개인은 다 똑같은 시간을 살아갑니다. 그런데 어떤 사람은 남들이 부러워하는 시간을 살고 있으며, 또 어떤 사람은 남들을 부러워하는 시간을 살고 있지요. 여러분은 어떤 시간을 살아갑니까? 당연히 남들이 부러워하는 시간을 갖고 싶어 하겠지요. 하지만 실제로 많은 이가 보내는 시간은 남들을 부러워하는 시간입니다. 왜냐하면 남들이 부러워하는 시간을 만들려면 개인의 많은 노력이 필요하지만, 남들을 부러워하는 시간은 그냥 무의식중에 다가왔다가 지나가기 때문입니다.

우리는 어떤 시간을 보낼 때 행복할까요? 무언가에 노력을 기울인다는 것은 인내와 고난이 따를 수밖에 없습니다. 그러나 그 시간 안에서 성취의 기쁨을 느낄 수 있으므로 행복하다고 할 수 있지요. 반대로 남들이 누리는 것을 통해 자신의 욕망을 키우며 보내는 시간은 공허하기 짝이 없습니다. 결과적으로 좌절과 절망을 가져다줄 뿐입니다.

어렸을 때 여름 방학이 되면, 성당에서는 평일 미사에 참석한 아이들에게 은총표를 나누어 주었습니다. 미사 참석으로 받은 은총표를 날짜가 적혀 있는 포도송이 그림에 하나씩 붙여 나갈 때마다 뿌듯해졌습니다. 포도송이를 빈칸이 하나도 없이 가득 채우면 커다란 상을 준다고 신부님께서 약속하셨기 때문에, 저를 비롯한 성당 친구들은 평일 미사를 빠짐없이 다녔습니다. 평일 미사는 주로 새벽 미사였는데도 그 은총표를 받아 포도송이를 완성해야 한다는 마음으로 졸음을 이겨내면서 일어나 성당으로 향했습니다. 포도송이가 채워질수록 기쁨이 커졌고 성당 가는 것이 너무나 즐거웠습니다.

하지만 어느 날 늦잠을 자고 말았습니다. 어머니께 깨워달라고 했지만 아무리 깨워도 일어나지 않았던 것이지요. 그날 은총표를 받을 수 없어서 하나의 빈 포도송이가 생겼습니다. 그 뒤에 어떻게 되었을까요? 선물을 받지 못한다는 생각에 성당에 나가는 것이 즐겁지 않았고, 갖은 이유를 대면서 미사에 빠졌습니다.

무슨 일이든 꾸준히 하면 그 안에서 즐거움을 얻게 됩니다. 매일 운동을 하시는 분들은 그 안에서 즐거움을 얻기 때문입니다. 그러나 매일 하던 운동을 한두 번 빠지면 그렇게 즐거웠던 운동이 오히려 귀찮고 힘들어지고 맙니다. 모든 게 다 마찬가지입니다.

분명한 목표를 갖고 꾸준히 그리고 열심히 하는 분들은 그 일 자체에 얼마나 큰 기쁨이 있는지 모른다고 자신 있게 말합니다. 핑계를 일삼는 분들은 어떻게 그런 기쁨을 얻을 수 있는지를 이해하지 못하지요. 차라리 그 시간에 다른 일에 몰두하는 것이 낫겠다고 생각하기 쉽습니다. 그러나 그 다른 일은 또 다른 일을 생각하게 합니다. 어떤 일에도 몰두하지 못하는 이유를 끊임없이 만들어갈 뿐이지요.

언젠가 자전거 여행을 떠난 적이 있습니다. 더운 여름날 힘들게 자전거 페달을 밟으면서 언덕을 올라갔습니다. 땀이 비 오듯 쏟아졌고, 저는 잠시 쉴 곳이 필요했습니다. 바로 그 근처에 커다란 나무가 있더군요. 저는 그 나무 그늘에 앉아서 물을 마시면서 쉬었습니다. 때마침 바람마저 적당히 불어서 언덕 위 나무 그늘은 아주 시원했고 피곤함을 사라지게 했습니다.

바로 그 순간, 평소라면 무심히 지나쳤을 이 나무 한 그루가 아주 고맙게 느껴졌습니다. 그리고 이 나무를 심은 누군가를 생각했습니다. 이 나무를 누가 심었을까요? 모릅니다. 그렇다면 이 나무를 심은 사람은 미래에 이 자리에서 쉬게 될 저를 생각했을까요? 분명히 아닐 것입니다. 보기에 좋아서 심었을지도 모르고, 어디선가 씨앗 하나가 날아와 이렇게 우람한 한 그루 나무로 자라게 되었을지도 모릅니다. 그런데 오랜 시간이 지나, 저는 그 그늘에서 달콤한 휴식과 마음의 평온을 얻습니다.

우리 삶도 이렇습니다. 아무런 생각 없이 했던 행동 하나가 훗날 다른 이에게 큰 영향을 미칠 수 있습니다. 그렇기 때문에 함부로 살 수 없는 세상입니다. 작은 일에도 하나하나 정성을 기울이며 살아야 하는 세상입니다. 참으로 고마운 삶입니다.

성지를 걷는 일

인간은 자신이 필요로 하는 것을 찾아 세계를 여행하고
집에 돌아와 그것을 발견한다.

조지 무어, 영국의 철학자

1년에 한두 번은 해외로 성지순례를 떠납니다. 순례를 통해 저 자신의 신앙을 되돌아보고, 또 새로운 깨우침을 얻고자 합니다. 올 초에도 이런 목적으로 성지순례를 다녀왔습니다.

성지순례의 시작은 비행기를 타는 데서 시작합니다. 그런데 출발부터 삐끗거립니다. 짐 부치는 곳의 직원이 오늘 만석이라 좌석이 업그레이드될 것이라고 말합니다. 표현은 안 했지만 내심 잔뜩 기대했는데 바로 제 앞의 승객 좌석이 업그레이드되고 저에게는 아무런 일도 생기지 않았습니다. 말이라도 하지 않았으면 기대도 하지 않았을 텐데 말이지요. 게다가 중국 영토 위를 지나가는 항공기 숫자 제한으로 예정 출발 시간보다 30분 늦게 출발한다고 합니다. 비행기는 이전에 탑승했던 것보다 작고 좌석도 훨씬 좁았습니다.

좋은 습관이라고 할 수 있을지는 모르겠지만, 저는 비행기가 이륙하면 밀물처럼 몰려오는 피로로 1시간 정도 정신을 차릴 수 없습니다. 세상모르고 아주 편안하게 잡니다. 그만큼 좁은 비행기 안에서 감수해야 하는 불편함의 시간이 줄어드는 셈이지요. 더구나 유럽처럼 장시간 비행기를 타야 할 경우 가능하면 깊이 오래 잠들수록 좋습니다. 하지만 저의 바람과 달리 비행기가 이륙하고 나서 30분 만에 깨어나고 말았습니다.

이날 따라 유독 몸도 마음도 불편하게 느껴졌습니다. 왜 그럴까 곰곰이 생각해보니 바로 '기대'에서 시작했기 때문입니다. 편하고 쉬운 것을 얻으려는 기대가 문제였습니다. 사실 성지순례는 마냥 쉽고 편하게 다녀오는 여행이 아닙니다. 그러나 출발부터 교만하고 나태해져서인지 탑승하기 위해 당연히 거쳐야 하는 절차도 피곤하고, 좁고 불편한 자리에 11시간을 견뎌야 하는 것도 힘들고…. 모든 게 다 힘든 일이 되고 말았습니다.

자신의 노력과 관계없이 주어지는 행운을 바라거나 아무런 근거도 없이 좋은 일을 기대하는 것은 일종의 요행입니다. 기대하지 않았던 운이 따라주는 건 선물일 따름입니다. 그리고 기대하지 않기 때문에 기뻐합니다. 늘 기대에 차 있는 사람은 기대가 그저 기대로만 끝날 때 불평불만을 합니다. 성지순례를 떠나는 길에서라면 다소 불편하고 힘든 것쯤은 기꺼이 받아들여야 마땅하겠지요.

저는 제게 주어진 삶 자체가 아주 긴 성지순례라 여깁니다. 나의 욕심과 이기심을 내세워서는 절대로 행복한 성지순례가 될 수 없습니다. 양보와 배려, 믿음과 사랑을 통해서만이 내 인생의 성지순례를 잘 마무리할 수 있지 않을까요?

성지순례를 이야기하다 보니 짐에 대한 한 생각이 납니다. 함께 성지순례를 하다 보면 공항에서부터 여행의 고수와 초보를 금방 알 수 있습니다. 그 구분은 일차적으로 짐의 양에서 결정됩니다. 여행을 많이 다닌 분들은 짐의 양이 적고 가볍습니다. 무겁게 갖고 가봐야 한 번도 사용하지 않을 때가 많다는 것을 경험을 통해 알고 있거든요.

하지만 여행 초보들은 이것도 필요하고 저것도 필요하다 생각해 짐의 부피와 수량이 많습니다. 생각나는 대로 가방 속에 집어넣다 보니 쓸데없이 부피만 커집니다. 여행 가방을 보름 동안이나 싼다는 분들도 계시더군요. 그러다 보니 가방 하나로는 부족해 보조 가방에 손가방까지 가득 채웁니다.

여행이 살림은 아닐 텐데 무슨 짐이 그렇게 많이 필요하겠습니까. 공부 잘하는 학생의 가방이 단출한 것처럼 목적에 충실하면 의외로 짐이 그리 많지 않습니다. 그런데도 사람들은 '혹시'라는 생각 때문에 짐을 줄이지 못합니다. 여행 고수의 짐이 가벼운 것은 그 많은 것을 끌고 다녀봐야 자신만 힘들고, 그 짐 때문에 더 많은 것을 바라보고 느낄 수 없다는 사실을 잘 알기 때문입니다. 짐이 클수록 여행의 목적에서 멀어진다는 단순한 사실을 말입니다.

자신의 틀에서 벗어나기

아이가 어른의 불완전함을 깨달으면 청소년이 된다.
어른을 용서할 줄 알면 어른이 된다.
그리고 자신을 용서할 줄 알면 지혜로운 자가 된다.

앨든 나우랜, 캐나다의 작가

초등학교 3학년 때, 저의 큰형님이 일본 출장을 다녀오시면서 선물로 샤프펜슬을 사다 주셨습니다. 당시에는 샤프펜슬을 쓰는 사람이 거의 없었고, 대부분 연필을 사용했지요. 연필의 품질이 좋지 않아 글씨를 쓰거나 깎을 때마다 연필심이 부러질 때가 많았습니다. 그런 연필도 아껴 쓰려고 몽당연필이 되면 볼펜대에 끼워서 사용했습니다. 그런 시대에 깎을 필요가 없고 누를 때마다 샤프심이 돋아나오는 샤프펜슬은 신기하기만 했습니다. 당연히 친구들이 부러워했기에 자랑스럽게 가지고 다녔습니다.

그런데 어느 날 수업 시간에 필통을 열었는데, 샤프펜슬이 보이지 않았습니다. 책가방 안의 물건을 다 쏟아서 찾아보고 또 교실 바닥을 아무리 살펴봐도 전혀 보이지 않았습니다. 가장 아끼는 보물을 잃어버렸다는 생각에 눈물이 핑 돌 지경이었습니다.

바로 그 순간 한 친구가 제 샤프펜슬과 똑같은 것을 손에 쥐고 있는 것이 보였습니다. 제 샤프펜슬을 훔친 범인이라고 단정하고서 "그 샤프펜슬 네 것 맞아?"라고 따지듯 물었습니다. 이 친구는 "응, 아빠가 사줬는데?"라고 말합니다. 증거가 없으니 더는 뭐라고 말할 수 없더군요. 하지만 그 친구에 대한 의심이 사라지지 않았고, 뻔뻔하게 거짓말까지 늘어놓는 친구의 모습에 억울한 마음마저 들었습니다. 온종일 그 친구에 대한 미움으로 가득 차 공부에 마음을 둘 수 없었습니다.

화가 나기도 하고 우울하기도 해 어떻게 다시 샤프펜슬을 찾아올지 골몰하며 집으로 돌아왔는데, 그만 깜짝 놀라고 말았습니다. 친구가 훔쳤다고 생각했던 샤프펜슬이 제 책상 위에 있었기 때문입니다. 괜히 친구를 의심하고 도둑이라고 생각했던 것입니다.

이런 경험은 성인이 되어서도 더러 있었던 것 같습니다. 사실 우리는 자신이 믿고 싶은 것만 믿고, 자신이 보고 들은 것만 판단의 기준으로 삼을 때가 많습니다. 한두 번 겪는 일이 아니며 그때마다 섣불리 오해한 것을 반성하는데도 그 버릇에서 자유롭지 못합니다. 오해와 왜곡은 바로 이렇게 자신의 틀에서 벗어나지 못할 때 생겨납니다.

직장 생활로 제대로 쉬지도 못하고 늘 바쁘게 지냈던 형제님이 계셨습니다. 바쁜 것도 문제지만 왜 이렇게 지출되는 돈이 많은지 경제적으로도 늘 여유가 없었습니다. 일에만 빠져 지내는 자신의 모습에 비참한 생각도 들었습니다. 방송을 보면 다들 즐기면서 행복하게 사는 것 같은데 유독 자신만 그렇지 않았다고 합니다.

재충전의 시간도 가질 겸 정말로 큰맘 먹고 가족과 함께 주말여행을 떠났습니다. 아주 저렴한 여행 상품을 운 좋게 구했기 때문입니다. 힘들었지만 행복한 시간이었습니다. 가족들도 아주 기뻐했지요. 즐거움을 만끽하는 가족들의 모습을 보면서 형제님은 더 큰 행복을 느낄 수 있었습니다. 그 행복한 느낌을 남기고 싶어 자신의 SNS 계정에 사진과 글을 올렸습니다. 그런데 몇몇 사람이 부정적인 댓글을 다는 것입니다.

'먹고살기 힘들다면서 웬 여행?', '그렇게 싸돌아다닐 여유 있으면 엄살떨지나 말든가', '여행은 얼어 죽을…. 나는 주말에도 일한다' 같은 글이었습니다. 가깝게 여겼던 지인의 비난에 형제님은 그만 상처를 받고 말았습니다.

여행에서 찍은 사진 속 모습은 분명 행복하고 즐겁고 부유해 보입니다. 그런데 이 사진 한 장을 찍기 위해 얼마나 애썼을지는 왜 보지 못할까요? 그 한 장의 사진으로 얼마나 위안을 받고 싶어 했을까 하는 마음은 왜 읽지 못할까요? 바로 자신의 입장으로

만 바라보고 판단하기 때문입니다. 좁은 틀 안에 갇힌 생각이 상대방의 마음을 헤아릴 수 없게 하고 이로 인해 상대방뿐만 아니라 자신에게도 아픔과 상처를 남기게 됩니다. 이런 상처를 남에게 주고 또 자신도 받게 되는 건 역시 스스로 믿고 싶은 것만 믿고 보고 싶은 것만 보는 왜곡의 틀에서 빚어지는 감정입니다.

작
지
만

가
장
값
진
일

54

희망을 갖는 건 절망할 위험이,
시도를 하는 건 실패할 위험이 있다.
하지만 인생에서 가장 위험한 일은
아무런 위험에도 뛰어들지 않는 것이다.

글렌 반 에케렌, 미국의 기업가

미국의 기업가이며 애플의 창업자인 스티브 잡스를 잘 아실 겁니다. 아이폰, 아이패드 등으로 IT업계의 혁신을 일으킨 인물이지요. 그가 한 대학의 졸업식 연설에서 '내 인생 최고의 결정'에 대해 말했습니다. 그가 행한 인생 최고의 결정은 무엇이었을까요? 매킨토시 컴퓨터를 만든 것일까요? 아니면 어마어마한 판매고를 올린 아이폰을 만든 것일까요? 모두 아니었습니다.

  그는 캘리그라피를 배운 것이 인생 최고의 결정이라고 말했습니다. 캘리그라피는 '아름다운 서체'를 의미하며 손으로 쓴 그림 문자라고 보면 됩니다. 물론 조금은 더 복잡한 의미가 있지만, 한마디로 아름다운 문자라고 합니다. 이런 캘리그라피를 배운 경험

덕분에 훗날 매킨토시 활자체를 만들 수 있었다고 합니다. 사실 처음 캘리그라피를 배웠을 때는 그것이 자신의 인생에서 실질적으로 무슨 도움이 될까 싶었습니다. 그러나 별로 필요 없다고 생각했던 그 소소한 취미가 오히려 인생 최고의 결정이 될 수 있었음을 강조합니다.

이처럼 어떤 것도 필요 없는 것은 없습니다. 모든 것이 소중하고 최고의 결정으로 이끄는 선택일 수 있습니다. 따라서 지금 나 자신에게 주어진 모든 순간에 충실한 삶을 살아야 합니다. 내게 별로 중요하지 않기 때문에 소홀히 해도 된다고 섣부르게 판단해서는 안 됩니다. 하지만 우리는 자신에게 득이 되지 않으면 소홀히 할 때가 많습니다.

몇 해 전의 일이었습니다. 지금 하는 일이 적성에 맞지 않는다며 고민하시는 분과 대화를 했습니다. 행복하지 않다고 말씀하시면서 제게 물었습니다.

"끝내야 할까요?"

제게 이런 질문을 던지면 많이 난감합니다. 점쟁이도 아니고, 이분을 오랫동안 알고 지낸 사이도 아닌데 어떻게 섣부르게 말할 수 있겠습니까? 더군다나 이 질문은 그분의 소중한 미래에 대한 것인데, 제가 함부로 이래라저래라 할 수 있겠습니까? 그래서 이 일을 끝내면 어떤 문제가 있는지 물었습니다.

이 직장에 들어가려고 노력했던 시간이 아깝다고 합니다. 또 몇 년 동안 어떻게든 즐거움을 찾기 위해 노력했던 시간 역시 아깝다고 합니다. 무엇보다 다시 처음부터 시작하는 것이 제일 두렵다고 말씀하십니다. 문제보다는 아쉬움이 크고 두려움도 크다는 말이었지요.

지금까지 보낸 시간에 대한 아쉬움, 알 수 없는 미래에 대한 두려움을 안고 있으니 당연히 새롭게 시작하기 힘들 수밖에 없습니다. 그렇다면 새롭게 하고 싶은 일은 무엇인지 물었습니다. 특별한 것은 없다고 합니다. 자신과 다른 일을 하는 사람들이 행복하게 사는 모습을 보면서, 자신 역시 그저 지금 일에서만 벗어나면 행복할 것 같다는 생각이었지요.

행복은 저절로 오지 않습니다. 삶에 최선을 다할 때, 목표를 향해 전진할 때, 목표에 열정을 쏟아 성과를 얻는 순간 따라오는 것이 행복 아닐까요? 그런데 이 형제님은 그저 남들과 비교하면서 지금의 일만 아니면 행복하리라는 막연한 생각을 갖고 있었던 것이지요.

어쩌면 이 형제님에게도 하찮다고 생각했던 일이 스티브 잡스의 결정처럼 어느 날 가장 잘한 결정이 될 수도 있지 않을까요? 당장에는 득이 되지 않겠지만, 배운 모든 것이 어느 순간 가장 값진 일이 될지도 모릅니다.

내 손에는 정과 망치가 있다.

나는 이 커다란 돌에서 쓸데없는 것들을 털어낼 것이다.

미켈란젤로, 이탈리아의 조각가이자 건축가

급하게 차를 몰고 가야 할 일이 있었습니다. 다른 일에 정신이 팔렸다가 시계를 잘못 봐 약속 시간이 얼마 남지 않았던 것이지요. 그런데 설상가상으로 도로 사정이 좋지 않았습니다. 주말도 러시아워도 아닌데 교통체증이 생각보다 심했습니다. 약속 시간이 가까울수록 초조해지는데, 앞차의 운전사가 딴짓을 하는지 신호가 바뀌었는데도 움직이지 않습니다. 서서히 초조함이 화로 바뀝니다. 이런 상황에서 여러분들은 어떻게 하시겠습니까?

보통 사람이라면 당연히 경적을 한두 번 울리겠지요. 그래도 움직이지 않는다면, 차에 이상이 있다 판단하고 어떻게든 차선을 옮기려 애쓰겠지요. 화가 치민다고 해서 앞차를 들이받거나 차에

57

서 내려 항의한다면 상황은 더욱 악화될 수밖에 없습니다.

등산하는 사람이 힘들다고 산을 향해 "너는 너무 높아. 허리를 좀 굽혀줘"라고 말할까요? 산에 불평해봐야 호흡만 더 거칠어질 뿐이니 정상을 밟아야 한다면, 그저 묵묵히 산을 올라야겠지요. 비가 줄기차게 퍼붓는다고 해서 "내릴 만큼 내렸으니 이제 그만!"이라고 언성을 높일까요? 아닙니다. 우산을 쓰면 됩니다.

사람과 관계 역시 마찬가지가 아닐까요? 견해가 다르다고 해서 상대를 꼭 내 의견에 맞춰야만 하는 것이 아니라면, 상대를 움직일 수 없는 '산'이거나 어떻게 해볼 도리가 없는 '비'와 같은 존재라고 생각하면 됩니다. 대신 변할 수 있는 나를 바꾸면 되는 것입니다. 그리고 자기주장이 완강한 사람일수록 상대에게 맞추려는 사람의 마음을 예민하게 알아챕니다. 자신의 마음을 바꾼다는 게 말처럼 쉽지 않다는 것을 누구보다도 잘 알기 때문입니다. 감동하거나 반성하게 되지요. 더러는 본인 스스로 변화하려는 노력을 보여주기도 합니다. 나의 변화가 상대의 변화를 이끌어내는 것입니다.

물론 자신의 마음을 바꾼다는 게 결코 쉬운 일은 아닙니다. 우리는 살아가면서 이런저런 사정 때문에 싸움을 많이 합니다. 그런데 누구와 싸우는 것이 가장 힘들까요? 또 누구와 가장 많이 싸울까요? 배우자, 자녀, 부모, 친구, 직장 동료? 그런데 가장 많이 싸우는 대상은 바로 '나'입니다. 그리고 싸울 때 가장 힘든 대상 역시 바로 '나'입니다.

공부해야 하는 내가 놀고 싶어 하는 나와 싸웁니다. 일해야 하는 내가 쉬고 싶은 나와 싸웁니다. 기도해야 하는 내가 기도하기 싫어하는 나와 싸웁니다. 긍정적인 마음을 가지려는 내가 부정적인 마음을 가지려는 나와 싸웁니다. 사랑해야 하는 내가 미워하려는 나와 싸웁니다. 그 밖에도 '나'라는 존재와 끊임없이 진영을 나누어 싸우고 있습니다.

어떻습니까? 제일 많이 싸우고, 가장 이기기 힘든 대상 역시 '나'라는 것에 동의할 만하지 않을까요? 이 싸움은 사실 어느 한쪽이 일방적으로 이기지도 지지도 않습니다. 이번에는 이겼는지 몰라도 조금만 환경이 바뀌면 다른 진영이 이기기도 합니다. 그리고 이 싸움은 끊임없이 지속됩니다.

아무리 생각해봐도 이 세상의 모든 적은 결코 '남'이 아니라 바로 '나'임을 깨닫게 됩니다. 그럼에도 우리는 '남'이라는 적을 만들어서 '누구 때문이야', '용서할 수 없어', '복수할 거야' 같은 말을 퍼부으며 자신의 잘못을 회피하곤 합니다.

좋은 마음, 나를 더욱더 성장시킬 수 있는 마음이 계속 이겨갈 수 있도록 늘 정신을 차려야 합니다. 특히 죄가 내 마음 안으로 들어오지 못하게 철저하게 경계를 서야 합니다. 자그마한 죄의 뿌리가 우리 삶 전체를 뒤흔들어서 주님 앞에 나아가는 것을 방해하기 때문입니다. 내 안의 싸움에서 선량한 마음, 사랑의 마음이 언제나 이길 수 있도록 마음의 구조를 견고히 해야 합니다. 그러면 기쁨이 내 곁을 떠나지 않을 것입니다.

본질
현상이
아니라

모든 것은 나로부터 비롯됩니다

물건은 이용하고, 사람은 사랑하라. 반대로 하지 마라.

존 파웰, 미국의 민속학자이자 지질학자

어떤 사람이 허리가 아파서 동네 한의원을 찾아갔습니다. 이 한의원은 깔끔하게 인테리어되어 있었고, 직원은 친절했으며, 시스템이 잘 갖추어져 기다리는 시간도 매우 짧았습니다. 용모가 수려한 의사 선생님은 진맥을 보고는 조금의 망설임도 없이 곧바로 침을 놔줍니다. 이 한의원의 모든 것이 마음에 들었습니다. 하지만 단한 가지 마음에 들지 않는 점이 있었으니, 2주가 넘도록 치료를 받아도 별로 나아지지 않았다는 것입니다.

도저히 안 되겠다 싶어서 지인의 소개를 받아서 다른 한의원을 찾아갔습니다. 전에 다니던 한의원과 달리 시장통 인근의 한의원은 건물이 너무 낡았고 직원은 무뚝뚝했습니다. 시스템이 제대

61

로 안 되어 있어 한참을 기다려야만 했습니다. 의사 선생님은 나이가 너무 들어 보였고, 꼬치꼬치 묻기까지 합니다. 게다가 허리가 아픈데 이것저것을 시키기까지 했습니다. 이쪽저쪽으로 누워보라고 하고, 다리를 들고 내리기를 반복합니다. 입 밖으로 내진 않았지만, '선생님, 아프니까 제발 침이나 빨리 놔주세요'라는 말이 입 안에서 맴돌았습니다. 그러다가 의사 선생님은 침을 놓습니다. 이 한의원은 모든 점에서 마음에 들지 않았습니다. 그러나 딱 한 가지가 마음에 들었습니다. 글쎄 한의원을 나오자마자 허리 아픈 것이 사라졌습니다.

다음에 또 허리가 아프다면 어느 한의원에 갈까요? 당연히 불편한 점을 감수하고라도 허리를 잘 고쳐주는 한의원을 찾아갈 것입니다. 인테리어나 친절함보다 통증의 근본적 원인을 치료해주는 곳을 찾아가야 합니다. 어쩌면 우리의 삶도 그렇지 않을까요? 정작 중요한 것을 외면한 채, 불필요하거나 별로 중요하지 않은 것을 마치 전부라고 여기며 살고 있지는 않은가요?

몇 해 전 90만 명의 인스타그램 팔로워를 가진 호주의 모델 에세나 오닐이 "소셜 미디어는 진짜 삶이 아니다"라는 말을 남긴 채 모든 계정을 삭제하고 소셜 미디어 자체를 끊어버렸습니다. 그녀는 가짜 삶을 위해서 한주 50시간씩 사진을 찍었고, 팔로워가 늘어날 때마다 더 많은 사람의 관심을 갈구했습니다. 매일 자신이 얼마나 근사한지를 증명해야 하는 강박증에 시달리기도 했습니다. 모든 것을 가졌지만 비참했다고, 왜냐하면 인터넷 안에서 자신은 가짜였기 때문이라고 했습니다.

그녀는 사람들의 관심을 끌 수 있는 한 컷의 사진을 위해 똑같은 포즈로 100장이 넘는 사진을 찍어야 했고, 조금이라도 날씬해 보이려고 음식을 거의 먹지도 않았습니다. 있는 그대로 모습을 감추고, 진한 화장으로 가린 얼굴을 끊임없이 사람들에게 보여주어야 했습니다.

사람은 누군가에게 인정받고 사랑받는 데서 행복을 찾으려고 합니다. 그래서 더욱더 다른 이에게 잘 보이려고 자신을 가꾸게 되지요. 진짜 내 모습은 그렇지 않은데, 가짜 모습을 통해서라도 행복을 얻으려고 합니다. 하지만 에세나 오닐의 고백처럼 가짜의 내 모습 안에서는 행복을 찾을 수 없습니다.

그렇다면 행복은 어디에서 발견할 수 있을까요? 세상의 기준으로는 불행하게 보일지라도 자기 자신을 인정하고 사랑할 수 있다면 행복한 사람이 될 수 있습니다. 한의원을 선택하는 기준이 인테리어나 시스템이 아니라 치료의 능력인 것처럼, 사람은 외형적으로 드러나는 요소에 집착해서는 절대 행복해질 수 없습니다. 다시 한번 강조하자면, 중요한 것은 현상이 아니라 본질이라는 사실입니다.

내가 사랑할 수 있는 나

자기를 사랑하는 게
곧 자기 아닌 모든 것을 사랑하는 일임을 알 때
우리는 자유로워진다.

틱낫한, 베트남 출신의 승려이자 평화운동가

어렸을 때 어떤 친구의 집에 놀러 가서 크게 부러움을 느꼈던 적이 있습니다. 장난감이 많은 것도 아니고, 그렇게 부자도 아니었습니다. 부러움의 이유는 책이었습니다. 사실 우리 집에도 책은 참으로 많았습니다. 하지만 아이들이 읽을 수 있는 책이 없었지요. 대부분은 아버지께서 보시는 책들이었고, 그나마 있는 것도 지금처럼 가로로 편하게 읽는 책이 아니라 세로로 읽어야 하는 질 나쁜 누런 종이에 인쇄된 책이었습니다. 하지만 이 친구의 집에는 만화로 된 세계명작전집, 위인전기, 과학백과사전 등이 책장에 나란히 꽂혀 있었습니다. 얼마나 부러웠겠습니까?

친구에게 "너는 책이 많아서 정말로 좋겠다"라고 말했습니다.

그러자 친구는 "이거 다 장식용이야. 나는 한 번도 이 책들을 펼쳐 본 적이 없어"라고 말합니다. 이 친구의 부모님께서는 책 읽는 아이가 되길 원했기에 이렇게 많은 책을 사줬겠지요. 그러나 책에 관심이 없었던 이 친구는 그저 책을 장식용으로만 여겼습니다.

저에게는 많은 책이 엄청 부러웠지만, 정작 본인은 별것 아니라고 생각합니다. 왜 그럴까요? 책을 소중하게 생각하지 않기 때문입니다. 우리 또한 마찬가지입니다. 내가 가진 것을 소중하게 생각하지 않기 때문에 남들이 부러워할 만한 것을 가지고도 별것 아니라고 치부합니다.

자신에 대한 자존감이 떨어져 있는 사람들을 종종 봅니다. 능력과 재주가 없다, 건강하지 않다, 배운 것이 없다, 나이가 많다 등의 이유를 들어서 스스로 부족하고 형편없는 존재로 취급합니다. 자신이 가진 것 중에서 소중하게 여길 만한 게 없어서일까요? 남이 가진 것들만 소중하다고 생각하기 때문에 자존감마저도 바닥에 떨어져 있는 것이 아닐까요?

자존감이 없는 사람은 자기 자신에 대해 만족하지 못하고 불평불만이 많습니다. 이러한 모습의 자신이 싫다면 어떻게 해야 할까요? 그냥 "너 자신을 사랑해야 한다"라고 말해주면 될까요? 분명 자신을 사랑하는 것이 답입니다. 하지만 이것이 말처럼 쉽지 않습니다. 그렇다면 조금 쉬운 방법은 무엇일까요? 이렇게 말해주는 것입니다.

"'내가 사랑할 수 있는 나'를 만들어라."

내가 부러워하는 사람, 그 사람을 보면서 내가 지금 해야 할 것, 변화해야 할 것을 찾으면서 바꿔 가는 것입니다. 그렇게 하면 조금이라도 내가 사랑할 수 있는 나의 모습을 찾을 수 있지 않을까요?

처음에는 우리가 습관을 만들지만,
그다음에는 습관이 우리를 만든다.

존 드라이든, 영국의 시인·극작가·비평가

파리 여행을 다녀온 한 자매님이 이런 이야기를 합니다.

"파리는 동네 빵집의 빵도 너무 맛있어요."

이 말을 듣던 다른 자매님이 이렇게 이야기합니다.

"밥 지어 먹듯 매일 먹는 빵인데, 맛이 없을 수 없겠지."

맞습니다. 매일 밥을 하는데 먹기 힘들 정도로 맛없는 밥을 지을 수 없겠지요. 물론 밥물의 양을 잘못 조절해서 간혹 질거나 된밥이 될 수도 있겠지만, 살림하는 사람에게 매일 지어야 하는 밥만큼은 가장 자신 있는 분야가 아닐까 싶습니다. 마찬가지로 파리 사람들에게 빵은 우리나라 사람들에게 밥과 같으니 당연히 맛이 있을 수밖에 없겠지요.

저 역시 부족함이 많지만 매일 새로운 묵상 글을 쓰는 창작을 합니다. 창작의 고통에 대해 말하는 어느 작가의 글을 본 적이 있습니다만, 저는 다른 작가와 달리 글을 쓰는 데 거의 고통을 느끼지 않습니다. 물론 처음 글을 쓸 때는 머리를 쥐어뜯을 만큼 어렵고 힘들었지요. 그러나 묵상 글을 쓴 지 19년째를 맞는 지금, 글을 쓰는 것이 고통스럽다고 생각해본 적이 전혀 없습니다. 왜 그럴까요?

매일매일 반복하면 무엇이든 당연히 발전할 수밖에 없습니다. 저 또한 그랬습니다. 이제 사람들은 저의 글에 대해 호의적인 평가를 많이 해줍니다. 솔직히 저의 글재주가 좋은 것도 아니고, 글의 내용이 그다지 훌륭하지 않다는 것도 잘 압니다. 그럼에도 좋은 평가를 해주는 것은 오랫동안 새벽 글을 써온 것에 대한 칭찬과 응원일 테지요. 그리고 오랫동안 쓰다 보니 실제로 많이 성장했음을 스스로 깨닫기도 합니다.

저는 글을 쓰는 것이 일이라고 생각하지 않습니다. 때가 되면 식사하고 기도하듯이, 그냥 제게 주어진 일상의 한 부분으로 받아들이고 있습니다. 사실 아무리 즐거운 것도 일이 되면 어느 순간에 고통이 찾아오지요. 그럴 때는 그냥 원래 하는 것으로 받아들이면 됩니다.

적절한 비유인지 모르겠습니다만, 어렸을 때 저는 씻는 것이

제일 싫었습니다. 학교 다녀오면 어머니는 곧바로 "손 닦고, 발 닦아라"라고 말씀하셨지요. 그때마다 어차피 더러워질 것을 굳이 왜 씻어야 하는지 모르겠다 싶었습니다. 머리 감는 것, 목욕하는 것도 커다란 고충이었습니다. 머리 감을 때 비누 거품이 눈에 들어가면 얼마나 따가운지 모릅니다. 목욕할 때 때밀이 수건으로 박박 밀어야 하는 것도 너무 아팠습니다. 씻는 것이야말로 정말 귀찮고 불편하고 괴로운 일이었습니다.

지금 저는 씻는 것을 아주 좋아합니다. 그래서 시간이 나면 목욕탕을 찾아가 오랜 시간 머물기도 합니다. 씻은 뒤의 상쾌함은 영혼까지 맑아지는 느낌이며, 충분한 휴식을 취했을 때의 안정감마저 가져다줍니다. 왜 이렇게 바뀌었을까요? 이제는 씻는 것을 반드시 치러야 할 일로 생각하지 않기 때문입니다. 이와 마찬가지로 나 자신이 하는 그 모든 것 역시 일이 아닌 그냥 해야 하는 것으로 받아들인다면 어떨까요? 일이 아니라, 삶을 구성하는 작은 단위라고 생각한다면 어떨까요?

무엇이든 매일 그리고 반복해서 하는 것이 중요합니다. 누구에게나 안 되는 것, 못하는 것이 참으로 많습니다. 그러나 이 중에서 꼭 하고 싶은 것이 있다면, 매일 반복해보는 것이 좋습니다. 이렇게 매일 반복한다면 안 될 것도 없고, 또 못할 것도 없게 됩니다.

나를 먼저 바라보세요

> 행복은 마치 안경과 같습니다. 나는 안경을 보지 않습니다.
> 그렇지만 안경은 나의 코 위에 놓여 있습니다. 이렇게도 가까이!
>
> 쿠르트 호크, 독일의 사업가이자 작가

어떤 드라마에서 이런 질문을 던집니다.

"부부싸움을 하지 않는 유일한 방법은 무엇일까요?"

정답은 '결혼하지 않는 것'이랍니다. 아니 땐 굴뚝에 연기가 날 리 없으니, 원인이 없으면 결과도 없다는 인과론의 관점에서는 당연한 말입니다. 이 말은 결혼생활을 하면서 부부싸움을 하지 않기란 쉽지 않다는 점을 시사합니다. 사랑하기 때문에 결혼했지만, 이 사랑의 관계 안에서도 서로 상처를 주고받습니다. 이 정도로 상처는 우리의 삶에 가까이 있습니다. 그렇다면 이 상처를 치유하는 가장 좋은 방법은 무엇일까요?

바로 나 자신을 먼저 바라볼 수 있어야 한다고 합니다. 하지만 우리는 나 자신을 먼저 바라보기보다 남을 먼저 바라봅니다. 자신의 연약함과 취약함을 드러내서 공격받지 않으려고, 반대로 상대방의 모습을 판단하는 데 열중합니다. 그렇기 때문에 자신의 부족한 부분을 드러낼 수 있는 용기가 필요합니다. 부족한 모습을 드러낸다는 것은 '저는 당신을 해치지 않습니다'라는 표시가 되기 때문에 사람들과 함께할 여지가 많아집니다. 여기에 '저는 당신을 사랑합니다'라는 표현을 덧붙인다면 어떨까요? 상대방이 더욱더 나를 향해 마음을 열 수밖에 없습니다.

결국 내가 상처를 받지 않는 방법은 나를 숨기는 것이 아니라 환히 드러내는 것이고, 다른 사람을 따뜻하게 인정하는 것이라고 할 수 있지 않을까요?

저 역시 부족한 부분을 숨기지 않으려고 합니다. 왜냐하면 숨겨봐야 별 이득이 없음을 살아가면서 자주 체험하기 때문입니다. 그러나 부족한 부분을 드러내면 사람들이 다가와 도와줍니다. 전지전능하신 하느님도 아닌데 사람이 어떻게 모든 것을 다 잘할 수 있습니까? 자신의 부족함을 드러내는 것은 절대 흉이 아니며, 가장 솔직하고 인간적인 행위입니다.

늘 자신의 능력에 대한 과신에 가득 차 있는 사람이 아니라면, 사람은 그저 고만고만한 재주를 나누어 가졌을 뿐이라는 데 동감할 것입니다. 무엇보다 사람은 자신에 대한 편견에서 자유롭지 않다고 합니다. 나 자신이 나를 가장 잘 아는 것 같지만, 실상은 그렇지 않다고 하지요. 나를 가장 잘 아는 사람은 바로 '나'라는 존재를 알고 기억해주는 주변 사람들이라고 합니다. 그렇기 때문에 '나'는 혼자 있을 때는 행복할 수 없습니다. 무엇보다도 사랑하고 아끼는 다른 사람과 함께 있을 때 행복을 느낍니다. 자신을 잘 알 수 없기 때문에 '나'를 알아주는 사람이 있을 때 행복한 것입니다.

이제 주변을 둘러보십시오. '나'를 아는 사람이 많이 있습니까? 그래서 행복합니까? 만약 '나'를 아는 사람이 많지 않다고 해도 별 문제는 되지 않습니다. 우선 주변에 많은 사람이 있기 때문입니다. 자신을 드러내려고 조금만 노력하면 분명히 '나'를 아는 사람이 늘어날 수 있습니다.

거창한 데서 행복을 찾으려는 사람은 그 행복을 얻지 못합니다. 그러나 주변에서 만나는 사람들과 함께하는 사람은 아주 작은 것에서도 큰 행복을 얻습니다. 그 행복을 찾고 또 나의 것으로 만들기 위한 방법은 먼저 '나'를 드러내는 것이 아닐까요?

로마제국 말기 철학자이자 사상가인 아우구스티누스 성인은 말했습니다.

"인간은 높은 산과 바다의 거대한 파도와 굽이치는 강물과 광활한 태양과 무수히 반짝이는 별들을 보고 경탄하면서 정작 가장 경탄해야 할 자기 자신의 존재에 대해서는 경탄하지 않는다."

이 말은 산, 바다, 태양, 별 등 세상의 그 어느 것보다도 바로 우리가 가장 귀한 걸작품이라는 뜻입니다.

"당신의 외모를 바꿀 수 있다면 바꾸겠는가?"

어느 여론조사기관이 실시한 설문조사에 의하면 상당수 남성과 여성들이 바꿀 수 있다면, 자신의 외모를 바꾸겠다고 대답했습니다. 대부분 사람이 자신의 외모를 비롯해 자신의 존재나 인생에 만족하지 못한다는 사실이기도 합니다.

거울에 비친 당신의 모습을 한 번 바라보십시오. 당신과 똑같은 얼굴, 똑같은 생각, 똑같은 행동을 할 수 있는 사람은 이 세상에 아무도 없습니다. 오직 당신뿐입니다. 당신은 이 세상에 하나밖에 없는 유일무이한 보물입니다. 당당한 자신감으로, 가장 귀한 걸작품답게 살아가시기 바랍니다.

변화가 옵니다 가치를 발견하면

> 진정 무엇인가를 발견하는 여행은
> 새로운 풍경을 바라보는 것이 아니라 새로운 눈을 가지는 데 있다.
>
> 마르셀 프루스트, 프랑스의 소설가

초등학교 6학년 때 담임 선생님께서는 산수(요즘에는 수학이라고 하지만, 제가 초등학교에 다닐 때는 산수였습니다)를 늘 강조하셨습니다. 중학교 올라가서 제일 힘든 과목이 수학이기 때문에 지금 6학년 때 산수를 열심히 하면 중학교에 가서 쉽게 공부할 수 있다는 이유였습니다. 그래서 쪽지 시험을 자주 보았고, 한 문제 틀릴 때마다 한 대씩 때렸습니다. 어떻게 되었을까요? 저를 포함해서 제 친구들은 다른 공부는 하지 않아도 필사적으로 산수 공부를 했습니다. 당연히 맞는 것이 싫었으니까요.

때리는 선생님이 무서웠고 그래서 공부를 열심히 했습니다. 그러나 그만큼 점점 더 산수가 싫어졌습니다. 심지어 숫자만 보면 괜히 움찔하게 되고 머리까지 지끈지끈 아팠습니다. 그러다가 중학교에 진학했습니다. 이제 더는 답이 틀렸다고 매 맞지 않을 것이라고 생각했는데, 글쎄 담임 선생님이 수학 담당이었습니다. 실망이 컸고 괜히 짜증도 났습니다.

하지만 선생님은 초등학교 때의 선생님 모습과 달랐습니다. 때리거나 윽박지르지 않았고, 대신 쉽게 그리고 열정적으로 가르쳐 주셨습니다. 무서웠던 선생님이 아니라 저의 어려움을 함께 나눌 수 있는 선생님이셨지요. 그래서 수학은 제가 제일 좋아하는 과목이 되었습니다.

공포 분위기로 성적을 올리는 것과 스스로 좋아하게끔 만들어서 성적이 올라가는 것, 어떤 것이 더 좋을까요? 당연히 후자겠지요. 공포 분위기 안에서는 학습의 가치를 발견할 수 없으며 성과를 기대할 수도 없습니다. 가치란 능동적이기 때문입니다.

어떤 회사가 매출 급감으로 위기에 놓였습니다. 모든 직원은 미래에 대한 불안을 갖게 되었지요. 이러한 분위기를 눈치챈 회사 사장이 전 직원을 불러 모은 뒤에 검은 점을 하나 찍은 하얀 수건을 보여주며 묻습니다.

"자, 여러분 무엇이 보입니까?"

직원들은 이구동성으로 "검은 점이 보입니다"라고 대답했지요. 그러자 사장은 이렇게 이야기합니다.

"정말로 검은 점만 보이십니까? 그런데 이 검은 점 이외에는 모두 흰색이 아닙니까? 왜 흰색은 보지 못하십니까?"

그리고 계속해서 말합니다.

"지금 우리 회사의 어려움은 이 검은 점 하나에 지나지 않는다고 생각합니다. 흰색이 더 많은 부분을 차지하는 것처럼, 우리 회사에도 더 밝은 미래가 많은데 왜 그 흰색은 보려고 하지 않습니까? 흰색을 볼 수 있다면 우리 회사는 다시 예전처럼 호황을 누리게 될 것입니다."

인터넷에서 우연히 보았던 글의 내용입니다. 이 글을 보면서 지금 우리의 모습을 생각해보았으면 합니다.

고통과 시련 속에 있다고 생각하는 사람들은 바로 이 작은 검은 점 하나만을 보는 사람이 아닐까 싶습니다. 그래서 쉽게 절망에 빠집니다. 하지만 작은 검은 점 하나를 둘러싸고 있는 커다란 하얀 바탕을 볼 수 있어야 합니다. 그때 희망을 발견할 것이고, 이 희망을 통해서 지금의 고통과 시련도 거뜬히 이겨낼 수 있습니다.

작은 점 하나 때문에 힘들어하지 마십시오. 대신 그 작은 점을 둘러싸고 있는 넓은 흰색 바탕을 바라보면서 희망의 크기를 키워야 합니다. 가치란 미래지향적이기도 하니까요.

어떤 형제님은 제게 이렇게 말합니다.

"신부님은 하고 싶은 것을 하며 사니까 얼마나 행복하세요?"

제가 하고 싶은 것을 다 하며 살고 있을까요? 세상 누구도 자기가 하고 싶은 것만 하면서 살 수는 없습니다. 더욱이 이 세상은 혼자서 살아가는 세상이 아니지요. 사람은 다른 동물처럼 빠른 발도 없고, 하늘을 나는 날개도 없습니다. 또한 강력한 치아도 없으며 힘도 그렇게 세지 않습니다. 이렇게 약한 인간이기 때문에 그만큼 누군가와 함께 살아가야 합니다.

결국 인생은 살아가는 것이 아니라 살아지는 것이 아닐까 싶습니다. 하고 싶은 일이 있으면 하고 싶은 일을 향해 정진하면 되고, 하고 싶은 일이 없으면 그저 순리대로 닥쳐오는 상황을 해결하며 살면 됩니다. 이 안에서 행복을 발견할 수 있습니다. 그런데 많은 이는 남들과 비교를 통해서 불평불만을 하면서 살아갑니다. 그러나 피할 수 없는 인생임을 기억하면서 힘차게 살아간다면 분명히 인생의 주체가 되어서 인생이 내 안에서 살아지게 할 수 있습니다.

사람은 분명히 변할 수 있습니다. 쿠바의 체 게바라는 의사였지만 혁명가가 되었습니다. 베드로는 어부였지만 예수님의 제자가 되었습니다. 그 밖에도 많은 이가 처음의 삶과 다른 삶을 살도록 변할 수 있었던 것은 무엇일까요? 우선 변화를 통해서 다가오는 고통과 시련을 두려워하지 않았습니다. 그리고 많은 것을 포기하는 삶 역시 거부하지 않았습니다. 왜 그럴까요? 가치가 있다고 생각했기 때문입니다.

우리의 변화는 가치를 찾을 때 이루어집니다. 가치가 없다고 생각하는데 굳이 고통과 시련을 맞이할 수 있을까요? 가치가 없는데 이를 위해 많은 것을 포기하겠습니까? 가치를 발견하면 그 모든 것을 극복할 수 있으며, 진정으로 변화할 수 있습니다.

2
장

새벽은
오는 것이 아니라
여는 것

꿈이 있다면 작은 일이라도 시작하라.
새로운 일을 하는 용기 속에 당신의 능력과 기적이 모두 들어 있다.

요한 볼프강 폰 괴테. 독일의 시인·극작가·정치가

흑인 노숙자였던 카디자 윌리엄스는 어머니와 함께 쓰레기더미에
서 성장했지만, 새벽부터 밤늦게까지 공부에만 매달렸습니다. 사
람들은 "노숙자가 무슨 대학이냐?"며 비아냥거렸지만, 카디자는
자신감을 잃지 않았습니다. 그 결과 하버드대학교를 비롯한 20여
개의 미국 명문대학교에 동시에 합격하게 되었지요. 그녀는 여기
에서 멈추지 않습니다. 하버드대학교의 장학생으로 수석 졸업의
영광도 얻었습니다.

　그녀가 제일 많이 들었던 말은 '노숙자 주제에'라는 말이었다
고 합니다. 이런 말을 들으면 어떠했을까요? 아마 상처가 심했을
것입니다. 계속해서 들으면서 모든 것을 포기하고 자신을 아무것

도 이루지 못할 사람으로 생각할 수도 있었을 것입니다. 하지만 그녀는 남의 말에 자신을 가두지 않았습니다. 타인들이 멋대로 찍어놓은 낙인에 자신의 인생을 내주지 않고, 멋진 인생을 스스로 만들었습니다. 부정적 환경이었지만 의지를 세워 긍정적인 환경으로 바꾸었습니다.

요즘엔 집을 장만하지 않으면 결혼할 수 없다고들 합니다. 경제적 여유가 없으면 아기를 가져서는 안 된다고도 합니다. 그런데 이 모든 말은 남의 말입니다. 타인의 기준에 나를 맞출 필요가 없습니다. 그보다는 자신의 의지를 내세워서 자신의 환경을 만들어야 합니다.

1970년 전 세계 역도 선수들에게는 인간의 힘으로 절대 넘을 수 없다고 생각했던 벽이 있었습니다. 어떤 선수도 500파운드, 약 227킬로그램의 무게를 넘지 못했습니다. 따라서 사람들은 500파운드는 인간이 절대로 들어 올릴 수 없는 무게라고 불렀습니다. 그해 세계 역도선수권대회에서 참석한 선수 중에서 으뜸은 바실리 알렉세예프였습니다. 그 역시 500파운드는 불가능한 무게라고 생각했기 때문에, 결승전에서 499파운드를 들겠다고 신청했고 이 무게를 들어서 우승을 차지했습니다.

그런데 잠시 뒤에 장내에 안내 방송이 울려 퍼졌습니다. 주최 측의 실수로 역기의 무게가 잘못 측정되었다는 것입니다. 글쎄 알렉세예프 선수가 들었던 역기는 499파운드가 아니라 501.5파운드였습니다. 세계신기록이었습니다. 아이러니하게도 '인간의 한계'를 무너뜨린 것은 주최 측의 실수였습니다. 이 대회 이후 더 놀라운 일이 생겼습니다. 인간의 한계로 여겼던 500파운드를 들어 올린 사람이 그해에만 자그마치 6명이 나왔습니다. 한계가 무너진 뒤에 사람들은 가능하다는 믿음을 갖게 되었고, 실제로 한계가 아님을 깨닫는 순간 그것은 현실이 되었습니다.

스스로 한계를 만들 때가 얼마나 많습니까? 그 한계 때문에 충분히 해낼 수 있는 일도 불가능하다고 생각했던 것은 아니었을까요? 이렇게 한계라는 잘못된 믿음을 가져서는 안 됩니다. 이 한계는 사람들을 앞으로 나아갈 수 없게 하고, 도전하겠다는 마음조차 사라지게 만들기 때문입니다.

인생은 타이밍이 중요하다는 말을 많이 합니다. 즉 모든 일은 '때'가 있다고들 하지요. 공부할 때, 일할 때, 쉴 때, 운동할 때 등등…. 사람들은 수시로 '때'의 중요성을 말합니다. 그때가 정확하게 언제일까요? 누구는 하고자 하는 일을 절대로 뒤로 미뤄서는 안 된다고들 이야기하지만, 늘 '다음에' 해야 할 일로 미루어두는 게 우리 자신이기도 합니다. 새해부터, 다음 달부터, 내일부터…. 늘 다음입니다. 그래서 이루는 것은 없고 늘 실망과 아쉬움만을 남기고 있습니다.

집안 정리를 제대로 하지 못하는 사람이 있습니다. 군이 하루

날 잡아서 한꺼번에 치우겠다고 마음먹으면 그날이 잘 찾아오지 않습니다. 그렇다면 하루에 하나씩 정리해보면 어떨까요? 1년이 면 365개를 정리할 수 있습니다. 분명히 별 힘도 들이지 않고, 깨끗한 집을 유지할 수 있습니다. 사람과 관계도 이와 마찬가지입니다. 시간이 되면, 돈이 생기면, 힘이 있을 때 하겠다고 하면 그날은 잘 찾아오지 않습니다.

일단 작은 것부터 실천해보는 것입니다. 언젠가 할 것만 같은 큰 것만을 꿈꿀 것이 아니라, 지금 당장 할 수 있는 작은 사랑의 실천을 통해 우리는 큰 사랑의 완성을 이루어낼 수 있습니다.

우리는 시행착오를 겪은 뒤 깨닫는다.
이 깨달음이 모여 인생의 지도를 만든다.
인생이란 지금 발을 내디딘 현실에 맞게
머릿속 지도를 수정해 가는 과정이다.
고든 리빙스턴, 미국의 정신과 의사이자 심리상담가

전에 어떤 전자제품을 하나 샀습니다. 상자 안에 제품의 본체와 함께 부속품들과 작은 책 한 권이 들어 있습니다. 모든 전자제품에 딸려오는 이 책은 심심할 때 읽어보라고 넣어준 것이 아니지요. 복잡한 전자제품의 작동방식을 체계적으로 정리한 사용설명서입니다. 각 부품에 대한 설명에서 제품을 사용하는 방법과 취급 시 주의사항까지 반드시 알아야 하는 내용을 빼곡하게 담았습니다. 저는 이 설명서를 제대로 펴보지 않고, 그냥 서랍 안에 넣었습니다. 이 제품을 잘 알기 때문에 굳이 설명서를 보지 않아도 사용하는 데 전혀 문제가 없기 때문입니다. 아마 대부분 사람이 그럴 겁니다.

이후 제품을 잘 사용했는데, 어느 날 제대로 작동하지 않았습니다. 이리저리 둘러봐도 어디에 문제가 있는지 알 수 없었습니다. 이때 봐야 하는 것이 무엇일까요? 맞습니다. 사용설명서입니다. 이 안에는 이상이 생겼을 때 조치사항도 적혀 있어서 문제를 간단하게 해결할 수 있었습니다. 또 이 설명서를 보고도 해결하지 못하는 고장이라면, A/S 센터를 찾아가서 전문가의 도움을 받으면 됩니다. 그런데 사람들은 평소에 이상이 없던 제품이 작동하지 않으면 심한 스트레스를 받습니다. 일단 아무거나 눌러보고 당겨보고 그래도 작동하지 않으면 신경질을 부리지요. 심한 경우 제품을 던져버리기도 합니다.

이런 경우 대부분이 사용자가 사용법을 제대로 숙지하지 않아 발생합니다. 간단한 조치만으로도 정상적으로 작동할 수 있는 제품을 오히려 더 망가뜨리기 일쑤입니다. 문제가 있다고 이 제품을 만든 회사부터 탓해서는 안 됩니다. 모든 물건에는 나름의 사용법이 있기 마련이고, 사용자는 사용법을 알아야만 합니다.

우리의 삶에도 사용설명서가 필요하지 않을까 싶습니다. 개인의 삶 안에는 각자의 꿈과 욕망, 권리와 의무, 관계와 규율, 가치와 위선, 유혹과 의지 등이 복잡한 회로처럼 얽히고설켜 있기 마련입니다. 따라서 아무런 문제가 없는 삶이란 있을 수 없지요. 어떤 문제가 발생했을 때, 이를 잘 해결할 수 있는 사용설명서가 필요합니다. 이를 통해서도 해결되지 않으면 삶의 문제를 함께 풀어줄 수 있는 멘토나 전문가를 찾아가 조언을 구하면 됩니다. 물론 출생과 동시에 우리에게 주어지는 인생사용설명서는 없습니다. 삶은 개별적이므로 자신이 만들어가는 것입니다.

인생을 그때그때 알아서 주먹구구식으로 살 수는 없습니다. 청소년기를 지나면서 인생의 밑그림을 그리고 성인이 된다면, 어느 정도 인생사용설명서가 완성되어야 합니다. 그런데 혹시 이렇게 온갖 고민과 시행착오와 학습을 통해 어렵게 만들어진 사용설명서를 전자제품의 사용설명서처럼 집 어딘가에 처박아 두지는 않았나요? 찾아보시기 바랍니다. 찾지 못했다면 아마 머릿속 깊은 곳에 잘 넣어두었을 겁니다. 잘 찾아보시기를 바랍니다.

두려워하지 않을 용기

사람은 누구나 자기가 할 수 있다고 생각하는 것
이상의 것을 할 수 있습니다.

헨리 포드, 미국의 기업가

저는 높은 곳에 오르는 것이 싫습니다. 아니 무섭습니다. 그래서 패러글라이딩, 스카이다이빙 같은 익스트림 레저스포츠는 물론이거니와 놀이기구도 타지 않습니다. 높은 빌딩의 전망대나 스카이라운지도 좋아하지 않습니다. 어쩌면 고소공포증이 있는지도 모르겠습니다. 젊은이들은 일부러 비용과 시간을 들여 즐기기도 합니다만 저에게는 언감생심의 일입니다.

영국의 80대 여성이 이러한 고난도 스포츠에 도전한다는 기사를 보았습니다. 그 주인공은 바로 영국 옥스퍼드주 애플턴 출신의 올해 86세인 트리쉬 웨그스태프 씨입니다. 게다가 그녀는 왜소한 몸집에 가는 팔다리를 가지고 있기까지 합니다. 나이로 보거나 신체조건으로 보거나 무모한 도전이 아닐까 싶지만, 그녀는 군인의 아내로서 전쟁터 격전지에서의 경험도 있고 진짜 위험이 뭔지 잘 아는 여성이었습니다.

그녀는 단순히 짜릿한 전율을 즐길 목적으로 이러한 극한 스포츠에 도전한 것이 아니었습니다. 그녀의 모든 도전은 소외계층을 돕는 자선 이벤트의 하나이며, 도전에 성공하면 후원단체에 기부금이 전달됩니다. 그래서 10년 만에 15만 파운드(약 2억 2,500만 원)의 자선기금을 어려운 이웃에게 전할 수 있었습니다. 그녀는 이렇게 말합니다.

"나와 비슷한 처지의 사람들이 '난 너무 늙어서 그것을 할 수 없어'라고 말하는 걸 들어왔다. 이제 그 말을 멈추고 당장 자리에서 일어나 무언가를 하도록 장려할 것이다. 슬프게도 모든 연령대에 사람들이 TV 앞에 앉아 시간을 보내거나 핸드폰을 만지는 것 이외에는 다른 일에 도전하지 않는다."

여러분은 어떠세요? 혹시 지금 무언가에 도전하는 일이 있습니까?

소설가 박완서 선생님은 1970년 《여성동아》의 장편소설 공모전을 통해서 데뷔했습니다. 이 데뷔작이 유명한 『나목』이라는 작품이지요. 이 소설은 한국전쟁 중 미군 부대 PX 초상화 가게에서 일하던 화가에 대한 내용으로, 선생님의 체험이 담겨 있는 작품이었습니다. 그래서 『나목』을 수상작으로 뽑은 심사위원들은 선생님을 칭찬하면서도 작가의 특수한 자전적 경험을 형상화했기 때문에 분명히 일회적인 작가가 될 것이라고 한소리로 예견했다고 합니다. 더군다나 선생님이 데뷔할 때 나이는 이미 마흔으로 결코 적지 않았기 때문이었지요.

그러나 선생님께서는 2011년 돌아가시기 직전까지 계속해서 뛰어난 작품을 썼고, 많은 책을 출판했습니다. 그때 심사위원들의 예견은 모두 틀린 말이 되고 말았지요.

저 사람은 분명히 어떻게 될 거야, 너는 그렇게 할 수 없을 걸, 이런 말들을 많이 하고 또 많이 듣게 됩니다. 그러나 실제로 그렇게 되지 않는 경우가 더 많지요. 아마 말하는 사람도 어떤 확신 없이 순간적인 판단으로 내뱉은 말인지도 모르겠습니다. 그렇다면 무책임한 발언이겠지요. 아무튼 그런 말들을 심각하게 받아들이거나 쉽게 흔들릴 필요는 없겠습니다. 오히려 '저렇게 생각할 수도 있겠구나'라고 받아들이면서, 참고자료로 활용하는 여유를 가져보는 게 좋겠습니다. 남의 말은 결국 '남'이 한 말이며 내가 들은 '말'에 불과합니다. '남'과 '말'보다 중요한 것은 '나'와 '행동'이지요. 미래는 그것에 의해 만들어집니다.

겁이 많은 사람을 가리켜서 '겁쟁이, 겁보'라고 놀리는 경우가 종종 있습니다. 그렇다면 어른이 겁이 많을까요? 아이가 겁이 많을까요? 당연히 어른보다는 아이가 더 겁이 많다고 생각할 것입니다.

갓난아기는 2,000번 넘게 넘어져야 비로소 두 발로 서서 일어나 걸을 수 있다고 합니다. 지금 막 태어난 아기는 절대로 걷지 못합니다. 그렇다고 해서 걷는 것을 포기하는 아기는 없지요. 계속 넘어져도 다시 일어나서 걸으려고 합니다. 넘어지는 것을 절대 두려워하지 않습니다. 그렇다면 어른은 어떻습니까? 어른들은 한두 번 실패의 경험을 하면 같은 일에 대해 두려움을 느끼며 몇 번 더 이어지면 포기할 때가 많습니다. 그래서 새로운 일을 앞두고 포기와 타협에 익숙해지게 됩니다. 어른이 더 겁쟁이, 겁보가 아닐까요?

믿
음
이

있
는

삶

> 삶을 두려워 말라. 삶은 살아볼 만한 가치가 있는 것이라고 믿어라.
> 그 믿음이 가치 있는 삶을 창조하도록 도와줄 것이다.
>
> 로버트 H. 슐러, 미국의 목사

친구 사이인 두 남자가 있습니다. 그런데 한 분은 열심히 신앙생활을 하는 분이고, 또 한 분은 무신론자였습니다. 무신론자인 남자는 신앙생활을 열심히 하는 친구를 향해 이렇게 말했습니다.

"하느님을 믿는다고 더 잘되는 것 같지 않아, 오히려 하느님을 믿지 않는 내가 더 잘살고 있지 않냐?"

무신론자인 남자는 신앙생활을 열심히 하는 친구에게 만날 때마다 이렇게 따지듯 묻곤 했습니다.

게다가 신앙생활을 하는 남자의 사업이 완전히 망하는 안타까운 일이 발생했습니다. 그러나 이를 하느님의 뜻이라고 생각하지 않았습니다. 자신이 그동안 교만했다면서 자신을 되돌아보며 더욱더 겸손하게 살 수 있는 성숙한 믿음을 보여주었습니다.

얼마 뒤에 무신론자인 남자가 건강진단을 받았는데, 암이 발견되었습니다. 이런 상황에서 이 남자는 어떤 반응을 보였을까요?

'왜 내게 이런 일이 생긴 거야?'

이 남자는 계속해서 남을 원망하고 화만 냈습니다.

믿음이 있는 사람과 없는 사람에게는 이러한 차이가 있습니다. 믿음이 없으면 가능성이 커도 자신에게 다가오는 작은 시련에 좌절해서 결국 실패합니다. 하지만 믿음이 있으면 시련 중에서 아주 작은 가능성만 보여도 곧바로 일어나서 성공적인 삶을 이뤄낼 수 있습니다.

언젠가 이른 아침에 택시를 탈 일이 있었습니다. 그런데 택시 기사님의 기분이 좋지 않아 보였습니다. 날도 화창했고 미세먼지도 없었으며, 기온도 나들이 가기에 적당한 기분 좋은 날이었습니다. 그런데 기사님은 내내 얼굴이 어두웠습니다. 기사님에게 신경이 쓰여서 물었습니다.

"아침부터 안 좋은 일이 있으신가 봐요? 표정이 좋지 않습니다."

제가 묻자 기사님은 이렇게 말합니다.

"글쎄 첫 손님이 여자였지 뭡니까. 거기다가 안경까지 썼습니다."

저는 기사님의 말을 듣고 적잖이 놀랐습니다. 첫 손님이 안경 낀 여자일 경우 무슨 징크스가 있다는 이야기는 한 번도 들어보지 못했거니와, 지금까지도 남성중심주의의 뿌리가 이런 식으로 남아 있다는 사실에 당황스럽기까지 했습니다. 기사님의 이야기는 정말 얼토당토않게 들렸습니다. 그래서 제가 말했습니다.

"그래요? 오늘 기사님 대박 나시겠는데요? 옛날에는 그랬다고 하지만, 요즘에는 시대가 거꾸로 되어서 오히려 안경 낀 여자 손님을 태우면 재수가 아주 좋다고 하잖아요. 모르셨어요?"

그제야 기사님의 표정이 좋아졌습니다.

"정말로 그렇게 바뀌었나요?"

"정말이라니까요. 오늘 하루 두고 보십시오. 분명히 좋은 일만 생길 테니까요."

물론 지어낸 이야기였지만, 저는 자신 있게 말했습니다. 그러면서 속으로 '그렇게 믿으면 그렇게 될 겁니다'라고 생각했지요. 그래서 그랬는지 기사님은 계속 싱글벙글 웃으면서 목적지까지 태워줍니다. 택시비를 내고 차에서 내리는데 한마디 더 하시더군요.

"정말로 그런가 봅니다. 여기까지 이렇게 신호 잘 받으면서 온 건 처음입니다."

만약 제가 기사님의 말에 "어이구, 어떻게 합니까? 오늘 정말로 재수에 옴 붙으셨네"라고 맞장구쳤다면 어떠했을까요? 계속해서 기분이 좋지 않았을 것이고, 이런 생각이 머릿속에서 떠나지 않아 안 좋은 일만 계속되었을 것입니다. 그러한 부정적인 생각에서 벗어나 긍정적인 생각을 갖게 되면 실제로 좋은 일이 따르게 됩니다.

어떤 영업사원이 있었는데, 이 사람은 문 앞에서 거절당할 때마다 오히려 웃었습니다. 사람들은 거절당하는데 왜 웃느냐고 물었지요. 그러자 "제 경험에 의하면 평균 15번 정도 거절당해야 물건이 팔리더군요. 그래서 거절당할 때마다 물건 팔 때가 가까워졌다고 생각합니다. 그러면 기분이 좋아져서 저절로 웃음이 나옵니다"라고 대답합니다. 세상은 이런 긍정주의자들이 바꾸어갑니다.

두 사람이 똑같이 사과 한 상자씩을 샀습니다. 한 명은 상자에서 사과를 집어 들면서 '가장 크고 맛있는 것부터 먹어야지'라고 생각했지요. 그러면서 남아 있는 사과 중에서 가장 크고 빛깔이 좋은 사과를 골랐습니다. 이 사람은 한 상자를 다 먹는 동안 정말 맛있는 사과만 먹었고 내내 행복한 마음이었습니다. 그런데 '크고 좋은 것은 다음에 먹고 가장 작고 못생긴 것부터 골라 먹어야지'라고 생각했던 다른 사람은 한 상자를 다 비울 때까지 정말 가장 맛없는 사과만을 먹게 되었습니다. 참으로 그는 행복을 모르는 사람이었습니다.

행복을 잡으려는 사람은 행복할 수 없습니다. 행복은 느끼는 것이며, 그 느낌은 자신이 만드는 것입니다. 당신이 만약 현재에 대하여 좋다고 생각한다면 언제나 좋은 것이지만, 반대로 나쁘다고 생각한다면 언제나 나쁠 수밖에 없습니다. 행복은 이렇게 생각하기 나름입니다. 그렇지 않습니까? 믿는 대로 행복해질 수 있습니다.

믿음이 있는 삶은 이렇게 자신감이 넘치는 삶입니다. 작은 가능성에서도 희망을 발견하는 삶은 기쁨의 삶입니다. 믿음은 절망에 빠져도 남 탓을 하거나 남과 비교해서 스스로 더 깊은 나락으로 빠지지 않고, 자신을 더욱더 성장시키는 삶을 가꿀 수 있게 해주기 때문입니다.

당신이 많은 것을 소유하려 하지 않는다면,

그것을 유지하기 위해 노예처럼 일하지 않아도 되며,

따라서 당신 자신을 위한 시간을 더 많이 가질 수 있다.

호세 무히카, 전 우루과이 대통령

나 자신이 행복하려면 어떻게 해야 할까요? 일반적으로 사람들은 행복하기 위해서는 나 자신이 먼저 잘되어야 한다고 생각합니다. 그래서 열심히 공부하고 열심히 일합니다. 전체의 10% 안에 들어가려고 노력하는데, 막상 10% 안에 들면 어떨까요? 여전히 부족합니다. 그다음은 5% 안에 들기 위해 노력하지요. 또 5% 안에 들면 이제는 1% 안에 들려고 합니다. 이 1% 안에 들어가면 그 자리를 지키려고 끊임없이 노력합니다. 과연 행복에 도달할 수 있을까요? 세상의 기준만 따르다 보면 늘 부족함을 느낄 수밖에 없습니다.

학창 시절에 있었던 일이 하나 생각납니다. 아마 국어시험이었던 것 같은데 85점인가를 맞았습니다. 저는 이 점수에 얼마나 실망을 많이 했는지 모릅니다. 왜냐하면 제 주위에 90점 이상 맞은 친구들이 꽤 많았기 때문이지요. 그런데 한 친구가 제 점수를 보더니, "와! 시험 잘 봤네!"라고 합니다. 저는 속상해서 "농담하니? 겨우 85점밖에 못 맞았는데 잘 보기는 뭘 잘 봐? 망쳤어!"라고 화를 냈지요. 그러자 친구가 말합니다.

"틀린 것보다 맞은 것이 그렇게 많은데 뭐 어때?"

솔직히 당시에는 그 친구가 단순히 저를 위로하려고 해준 말이라고만 생각했습니다. 그런데 지금 와서 그때를 떠올려보면 정말로 그 친구의 말처럼 틀린 것보다 맞은 것이 훨씬 많으면 시험을 잘 본 게 아닐까 싶습니다. 문제는 제가 다른 친구들과 비교했기 때문이었습니다. 10% 안에 들어야 한다는 제 기준에 도달하지 못했기에 부족함을 느낀 것입니다.

세상의 기준은 상위권에 있는 사람들만 성공했다고 말합니다. 그 기준에 미치지 못하면 불행할까요? 그렇지 않습니다. 그저 자신만의 만족을 가져다줄 뿐이고, 또 다른 욕심을 불러일으키면서 계속해서 부족함을 느끼게 할 뿐입니다. 채워진 만큼 부족함의 단위도 커지기 마련입니다.

연
주
자

악
기
보
다

새
벽
은
　
오
는
　
것
이
　
아
니
라
　
여
는
　
것

무엇이든 그 값어치는 우리가 그것을 위해
내놓으려고 하는 인생의 분량과 같다.

헨리 데이비드 소로, 미국의 시인이자 사상가

영국 런던의 템즈 강변에서 한 노인이 자기 앞에 모자 하나를 놓
아두고서 낡은 바이올린을 들고 연주를 하고 있었습니다. 그러나
아무도 그의 음악에 관심을 갖지 않았습니다. 그러니 그의 모자
안도 텅 비어 있었지요. 하긴 여기저기 금이 간 낡은 바이올린이
라 소리가 좋지 않고, 노인의 연주실력도 별 볼 일 없었기 때문
입니다.

　　바로 그때 낯선 외국인 한 명이 이 노인에게 정중하게 요청합
니다.

　　"선생님의 연주를 잘 들었는데 제가 드릴 돈이 없네요. 저도
바이올린을 조금 연주할 줄 아는데, 몇 곡만 이 자리에서 연주해

도 될까요?"

노인은 마음에 들지는 않았지만, 잠시 쉴 겸 그 외국인에게 낡은 바이올린을 건넸습니다. 그렇게 이 외국인이 바이올린을 연주하는데 아름다운 선율이 울려 퍼졌습니다. 그 소리를 듣고 사람들이 몰려들었고, 감동한 사람들은 노인의 모자에 돈을 넣기 시작했습니다. 바로 그 순간 어떤 사람이 이 외국인 연주자를 향해 소리쳤습니다.

"저 사람은 파가니니."

그 외국인은 당대 최고의 바이올린 연주자로 정평이 나 있던 니콜로 파가니니였습니다. 그는 바이올린 줄이 하나밖에 없는데도 훌륭한 연주와 곡을 만들어낸 것으로 유명하지요. 그런 그이기에 비록 낡고 형편없는 바이올린이라도 훌륭한 연주를 할 수 있었던 것입니다.

누가 연주하느냐에 따라서 형편없는 악기로도 아름다운 음악을 만들어낼 수 있다는 사실을 기억할 필요가 있습니다. 악기에 등급이 있을 수는 있어도 그 등급이 음악의 수준을 결정하지는 않습니다. 음악은 연주자가 만들지 악기가 만드는 것이 아니기 때문입니다. 학교가 학생의 실력을 결정하지 않고, 집안이 그 사람의 인품을 결정하지도 않습니다.

우리가 잘 아는 화가 이중섭은 종이가 없어 담배를 싼 은박지를 못으로 긁고 거기에 물감을 입힌 후 닦아내어 그림을 그렸습니다. 그것이 오히려 그만의 독특한 기법으로 승화되었습니다. 환경은 결코 의지를 꺾을 수 없습니다. 성공은 의지와 노력이 만들어내지 환경이 만들어내는 것이 아닙니다.

우리는 모두 1등입니다

> 당신이 듣는 말 중에서 가장 중요한 것은 자신에게 하는 말,
> 즉 당신이 스스로에게 속삭이는 믿음이다.
>
> 마리사 피어, 영국의 심리치료사

미국항공우주국NASA에서 일하는 한 청소부는 매일 아침 누구보다도 일찍 출근해 쓰레기를 처리하고 열심히 건물 바닥을 닦는 등자기 일에 남다른 열정을 보였습니다. 이를 유심히 본 한 직원이물었습니다.

"왜 그렇게 청소를 열심히 합니까?"

그러자 청소부가 말했습니다.

"나는 단순히 청소를 하는 것이 아닙니다. 국제우주정거장을만드는 프로젝트에 합류해 일하고 있습니다."

얼마나 멋진 대답인가요? 자신에게 맡겨진 일에 대해 어떻게임하느냐가 중요하다는 걸 일깨워주는 분이 아닌가 싶습니다.

세계적인 승강기 제조기업인 오티스는 승강기 속도가 느리다는 고객의 불만을 해결하려고 기존보다 훨씬 강력한 모터와 윤활 시스템을 개발했습니다. 그러나 여전히 속도가 느려서 불만은 좀처럼 해결되지 않았지요. 이때 한 직원이 승강기에 거울을 설치하자는 아이디어를 냈는데, 뜬금없어 보이는 이 아이디어로 고객 불만이 크게 개선되었다고 합니다. 사람들이 거울을 보며 용모를 가다듬느라 느린 속도가 주는 지루함을 크게 신경 쓰지 않게 되었습니다. 문제의 원인은 분명히 승강기의 속도입니다. 그런데 문제의 해결은 속도가 아니라 고객이 원하는 것이 무엇인가에 있었습니다.

많은 분이 과중한 업무로 인해서 피곤하다고 말씀하시지요. 그러나 실제로는 일 때문에 피곤한 것이 아니라고 합니다. 그보다는 그 일을 왜 하는지 잊어버리기 때문에 피곤하다는 것입니다. 어떤 연구 결과를 보니, 월요일 아침 9시에 사망하는 사람들이 특별히 많다고 하더군요. 왜 그런 것일까요? 일하러 가느니 차라리 죽는 편이 낫다고 생각하는 사람들이 많기 때문이라고 합니다.

거울을 설치하자는 아이디어를 낸 직원도 미국항공우주국에서 근무하는 청소부도 자신에게 주어진 일에 대한 자긍심이 강하고 창의적이며 긍정적인 사람일 것입니다. 그렇지 않은 다음에야 그런 소신과 발상과 집념이 쉽게 나올 리 없겠지요. 자신의 잠재적 능력을 발견해내고 스스로 끌어낼 줄 아는 사람이라면 누구든 세상을 변화시키는 주역이 될 수 있을 만큼 우리는 모두 대단한 존재들입니다.

3억 명 중에서 1등을 차지한다면 분명히 세계적으로도 뛰어난 사람이겠지요. 3억 명이면 현재 우리나라 총인구를 대략 5,000만 명이라고 할 때 6배에 해당하는 숫자입니다. 정말 대단한 존재입니다. 그런데 그 사람이 바로 여러분입니다.

보통 3억 개의 정자가 난자 하나를 차지하기 위해 달려갑니다. 그중에서 1,000분의 1의 숫자인 30만 개의 정자가 자궁 안에 들어갑니다. 이 30만 개의 정자 중에서 200~300개만이 난관에 도달합니다. 마지막으로 난자에 도달해서 수정되는 것은 딱 하나의 정자입니다.

우리는 모두 3억 분의 1의 가능성을 극복하고 이 땅에 나온 존재들이라는 것입니다. 이렇게 대단한 존재인 우리인데 왜 그렇게 별 볼 일 없는 존재라고 자신을 낮출까요? 이 사실들을 기억하면서 '나는 안 돼, 내 주제에 그걸 어떻게 해' 같은 말은 버리고, 대신 어떤 것이든 할 수 있다는 자신감을 갖고 힘차게 생활했으면 합니다.

고등학교 때에 한 친구가 담임 선생님을 찾아가서 이렇게 말했습니다.

"선생님, 저는 학교에서는 공부가 잘되지 않습니다. 그래서 학교 수업이 끝나면 집중이 잘되는 독서실에 가겠습니다."

담임 선생님께서는 허락하지 않으셨습니다. 선생님의 거절 사유는 이러했습니다.

"너는 집중이 잘된다고 독서실에서 시험 볼 거냐?"

사실 공부할 때보다 더 집중해야 할 시간은 시험을 치를 때입니다. 따라서 집중이 잘되는 곳을 찾는다면, 독서실에서 시험을 봐야겠지요. 그러나 그곳에서는 시험을 볼 수 없습니다.

공부의 조건이 까다로운 사람은 성적도 그렇게 좋지 않다고 합니다. 왜냐하면 문제의 원인을 주변에서만 찾기 때문입니다. 시끄러워서 공부를 못 하겠다, 주변이 산만해서 못 하겠다, 유혹이 많아서 못 하겠다, 부모의 관심이 없어서 그렇다 등의 말을 하면서 자신에게는 문제가 없는데 주변이 도와주지 않아서 그렇다고 말합니다. 그러나 문제의 원인은 외부에 있지 않습니다. 집중하지 못하는 자기 자신에게 원인이 있음을 깨닫고, 집중하기 위해 노력하는 것이 먼저라는 것입니다.

우리는 모두 3억 명 중의 1등이니 스스로 자부심과 자신감을 가져도 충분하지 않을까요. 주변의 여건 같은 걸 따져서 1등이 된 게 아니라 3억 명 중에 치열한 경쟁을 통해 우리가 된 것이니까요.

새벽은 오는 것이 아니라 여는 것

105

과거일뿐입니다

현실은 잠시 뒤의

살다 보면 우리의 삶에 문제가 발생했을 때,
우리가 그것을 피하고자 아무것도 할 수 없는 순간들이 있습니다.
하지만 그 문제들은 그럴 만한 이유가 있어서 거기에 있는 것입니다.

헨리 포드, 미국의 기업가

여기 한 소년이 있습니다. 떠돌이 목수의 아들로 태어나 그림 그리기를 좋아하던 소년입니다. 농촌의 조그만 마을에서 자란 소년은 전원 풍경을 백지에 그리며, 가난했어도 행복한 나날을 보냈습니다. 아버지를 따라 농촌에서 도시로 이사한 뒤 신문 배달을 하던 소년은 '신문 만화가'를 꿈꾸며 남몰래 많은 그림을 그렸습니다. 그에게 만화는 꿈이자 자존심이며, 삶의 보석과도 같은 일이었습니다. 소년은 성장해서 소원대로 신문사에 입사해 만평을 그리게 되었습니다. 하지만 담당국장은 그의 만화를 항상 평가절하하며 퇴짜를 놓습니다.

"이걸 그림이라고 그리나, 차라리 그만두는 게 어때?"

매일 이런 소리를 듣던 그는 결국 해고당하고 맙니다. 그는 실의에 빠진 채 갈 곳을 몰라 방황하다 다시 고향 농촌으로 내려갔고, 교회 지하창고를 빌려 쓰며 일했습니다. 지하창고의 어둠이 바로 자신의 모습으로 느껴졌지만, 그 어두컴컴한 지하창고가 인생의 보물창고로 변하는 일이 생겼습니다. 상처를 받은 그는 창고를 뛰어다니는 쥐를 따뜻한 시선으로 바라보다가 예쁘고 친밀감 있게 그린 것입니다. 자신의 처지와 동일시했는지도 모르겠습니다.

이렇게 해서 태어난 것이 바로 세계적으로 유명한 '미키마우스'입니다. 그 젊은이의 이름은 월트 디즈니, 오늘날 디즈니랜드의 주인입니다. 디즈니에게는 참혹한 지하창고가 사실은 보물창고였으며, 가장 암울한 때 창조와 기회의 문이 열린 곳입니다. 그에게 지하창고의 생활이 없었다면, 미키마우스도 디즈니랜드도 탄생하지 못했을 것입니다.

자신의 처지나 미래가 어둡게만 느껴진다면, 한번 디즈니의 지하창고를 떠올려보십시오. 자신의 주변에 악담을 퍼붓는 미운 친구와 습관처럼 위력을 행사하는 상사만 있다고 생각된다면, 신문사에서 쫓겨나 고향으로 향하던 디즈니의 뒷모습을 생각해보십시오. 당신의 암울한 현실과 불투명한 미래가 어쩌면 훗날 보물창고가 될지도 모를 일입니다.

인생 내비게이션

> 위대한 인물에게는 목표가 있고,
> 평범한 사람에게는 소망이 있을 뿐이다.
>
> 워싱턴 어빙, 미국의 소설가

예전에 운전할 때는 교통지도가 필요했습니다. 한 번도 가보지 않은 곳을 가면 지도를 먼저 살펴보고, 어느 길로 가야 할지 확인한 다음 운전했습니다. 도중에 그 길을 찾을 수 없을 때는 갓길에 잠시 차를 세워놓고서 지도를 들여다보고 나서야 원하는 목적지까지 갈 수 있었습니다. 초보운전자에게 초행 운전은 너무나 힘든 것이었지요. 운전하는 것도 힘든데 지도까지 머릿속에 넣어놓고 운전해야 했으니까요.

하지만 요즘에는 초보운전자도 쉽게 운전하도록 도와주는 내비게이션이 있습니다. 출발 전에 목적지를 설정하고, 운전하면 알아서 목적지까지 친절하게 안내해줍니다. 도로 상황까지 일러주면서 말이죠. 실수로 다른 길에 들어선다고 해도 왜 다른 길로 갔느냐고 화를 내지도 않습니다. 그저 "경로를 이탈했습니다. 다시 안내하겠습니다"라고 말하면서 다시 목적지까지 갈 수 있는 다른 길을 알려줍니다.

이 편리함 때문에 고생했던 적도 있습니다. 내비게이션의 안내에 충실히 따르면서 운전했습니다. 물론 내가 제대로 가는지는 조금도 의심하지 않았지요. "목적지에 도착했습니다. 안내를 종료하겠습니다"라는 말이 나왔습니다. 문제는 제가 가려고 했던 곳이 아니었던 것입니다. 어떻게 된 일일까요? 출발 전에 목적지 설정을 잘못했던 것입니다. 똑같은 이름을 가진 엉뚱한 곳을 선택했기 때문이지요.

목적지를 제대로 선택하지 못하면 원하는 곳에 갈 수 없습니다. 선택이 잘못되었음을 확인하는 순간 먼 길을 돌아와야 하는 수고를 감수해야만 합니다. 이와 마찬가지로 우리 인생의 목표가 없거나 잘못 설정되었다면 어떨까요? 아마 시동을 켜고 움직이겠지만 어디로 가야 할지 모르거나, 오랜 시간 길 위에서 방황해야 합니다. 이러한 상태에서는 어떠한 성과를 내기가 힘듭니다. 어쩌면 내게 다가오는 하나의 재앙과도 같습니다.

어떤 책에서 '디제스터disaster'라는 영어 단어를 풀이한 내용을 보았습니다. 이 단어의 어원을 보면 '사라지다'라는 뜻의 'dis'와

'별'이라는 뜻의 'aster'로 구성되어 있습니다. 즉 별이 사라지는 것이 재앙이라는 뜻입니다. 나침반이 없었던 시절에는 항해할 때 북극성을 보고 방향을 잡았지요. 그런데 이 북극성이 구름이나 폭풍우로 보이지 않는다면 어떻겠습니까? 그래서 목표가 없음은 곧 재앙이라는 뜻입니다.

중요한 것은 속도가 아니라 방향이라는 말이 있습니다. 그렇다면 여러분들께선 지금 올바른 방향으로 향하는지요? 마음속의 내비게이션은 정상적으로 작동하는지요? 혹 목적지를 잘못 설정한 것은 아닌지요?

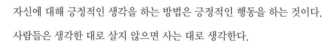

자신에 대해 긍정적인 생각을 하는 방법은 긍정적인 행동을 하는 것이다.
사람들은 생각한 대로 살지 않으면 사는 대로 생각한다.

폴 발레리, 프랑스의 시인이자 사상가

언젠가 후배 신부가 자신의 고민을 털어놓았습니다. 제가 남들 앞에서 강의를 많이 하기 때문에 조언을 구할 수 있을 것 같아 자신의 고민을 이야기한다고 했습니다. 그 고민은 바로 강론이었습니다. 깜짝 놀랐습니다. 이 신부에 대한 평을 종종 듣는데, 강론을 성실하게 준비해서 내용이 꽤 좋다고 했기 때문입니다. 그런데 정작 본인은 자신의 강론에 만족하지 못하는 듯했습니다.

하지만 고민은 신자들의 반응에 관한 것이었습니다. 나름 열심히 묵상하면서 준비한 강론인데 신자 중 몇 명은 늘 졸거나 딴짓을 한다는 것이지요. 그때는 당황스러워서 말이 잘 나오지도 않고 내용을 잊어버리기도 한다고 합니다. 그래서 모든 사람이

111

자신의 강론에 집중하게 하려면 어떻게 해야 하는지를 저에게 물었던 것입니다.

강론 준비를 잘하지 않는 사람이라면 책을 많이 읽고 교육도 많이 받아야 한다고 말하겠지만, 이 신부에게는 굳이 이런 충고는 필요 없을 것 같았습니다. 그래서 이런 질문을 던졌지요.

"모두가 다 졸고, 모두가 다 딴짓하니? 그래도 집중하는 사람들이 있을 것 아냐? 그 사람들이 몇 퍼센트나 되는 것 같아?"

속으로는 다른 생각을 하는지는 모르겠지만, 그래도 80% 이상은 자신에게 집중해준다고 말하더군요. 저는 "강론을 경청하는 그 80%는 보지 않고, 피곤하고 생각이 많아서 집중하지 못하는 20% 때문에 고민할 필요가 있을까?"라고 물었습니다.

우리는 나쁜 것에 집중하려고 할 때가 많습니다. 저 역시도 마찬가지였지요. 좋은 것이 그렇게 많은데도 나쁜 것 몇 개를 두고 삶 자체가 흔들렸던 적도 참으로 많았던 것 같습니다. 바보스럽게도요.

우리가 하는 일은 바다에 붓는 한 방울의 물보다 하찮은 것이다.
하지만 그 한 방울이 없다면 바다는 그만큼 줄어들 것이다.
마더 테레사, 유고슬라비아 출신의 수녀이자 노벨평화상 수상자

제가 있는 갑곶 성지를 방문하셨던 분들을 밖에서 우연히 만나
이야기를 나눈 적이 있습니다. 그중 한 분이 "신부님, 십자가의
길 초입에 있는 세쌍둥이 은행나무가 정말로 신기했어요. 다른
뿌리에서 나왔는데도 마치 쌍둥이처럼 똑같이 두 줄기로 갈라져
있을까요? 그리고 그 밑의 설명도 참 좋았습니다"라고 말씀하십
니다. 이 말에 함께 있던 분이 "아니, 그런 나무가 있었어? 나는
못 봤는데? 나도 십자가의 길을 걸어왔는데 왜 못 봤지?"라고 묻
습니다.

대단한 차이가 있는 건 아닐 테고, 그저 관심을 갖고 자세히 봤
느냐 그렇지 않느냐의 차이입니다. 인간관계도 그렇지 않을까요?

관심을 갖고 주변에서 일어나는 일들을 자세히 들여다보면 분명 새로운 차이를 발견할 수 있습니다. 이 새로움을 통해 소중한 관계가 형성되는 것이지요. 그런데 많은 이가 별 관심을 두지 않고 또 자세히 보려고 하지 않습니다. 표면적으로 드러난 정보만 보고 판단하는 경우가 다반사지요.

사랑하게 되면 자연스럽게 관심을 갖고 자세히 보게 됩니다. 이 사랑 없음이 나 자신의 가장 큰 문제였음을 생각해보면 어떨까요? 십자가의 길 초입의 은행나무처럼 내게 다가오는 인생이 달라질 것입니다.

언젠가 초등학교 친구를 만나서 옛날 같이 놀던 동네에 함께 가게 되었습니다. 그런데 이 친구는 이 동네에 대해 아주 작은 것도 세세하게 기억했습니다. 학교 끝나고 친구들과 함께 야구를 했던 공터, 이런저런 놀이를 하던 골목길들, 그리고는 "여기에 문구점이 있었는데, 여기에 작은 가게가 있었는데…"라고 말하면서 오래전의 소소한 기억을 아주 선명하게 소환해냅니다. 거의 40년 전의 일인데도 마치 어제의 일처럼 생생하게 말이죠. 이런 모습이 신기해서 제가 이렇게 말했습니다.

"나는 기억이 가물가물한데, 너는 어떻게 그것들을 다 기억하니?"

그러자 친구가 웃으면서 이렇게 말해요.

"사실 내가 좋아하던 여자아이가 이 동네에 살았거든. 그러다 보니 저절로 기억이 나네. 심지어 그 아이 집 앞에 피어 있던 들꽃까지도 다 기억난다."

사랑은 이렇게 시시콜콜한 것까지도 기억할 수 있게 합니다. 사랑의 마음을 품고 함께했던 기억은 절대로 지워지지 않으며, 그 사랑의 주위에 있었던 것까지도 잊지 않게 합니다. 그 힘이 무려 40년 전의 일들을 이렇게 세세히 복원할 수 있다니요. 사랑은 이렇게 인간의 능력을 극대화하는 신비한 힘을 갖는 것 같습니다.

전에 어떤 자매님이 임신했는데 너무 힘들다는 이야기를 들었습니다. 사실 조울증을 앓고 있어서 약을 먹었는데, 임신을 위해 약을 끊었고 얼마 뒤에 아기를 갖게 되었다는 것입니다. 기분을 조절하게 하는 약은 태아에게 심각한 영향을 끼칠 수 있기 때문에 절대로 먹어서는 안 된다고 합니다. 하지만 증세 또한 만만한 게 아니어서 약을 먹지 않으면 너무나 힘든 시간을 보낼 수밖에 없습니다.

이 자매님은 결국 어떤 선택을 했을까요? 약을 끊었습니다. 왜냐하면 그깟 고통쯤 견디고도 남을 만큼 배 속에 있는 아기를 사랑했기 때문입니다. 아기를 위한 사랑의 마음 때문에 약을 끊는 데 조금의 주저함도 없었으며, 고통을 피해갈 수 없지만 그래도 기쁜 마음으로 견딘다고 하시더군요.

이렇게 사랑의 힘이란 모든 것을 초월할 정도로 크다는 것을 알 수 있습니다. 불가능한 것도 가능한 것으로 만들 수도 있는 힘이 있습니다.

바꾸는 힘
부정을 긍정으로

똑같은 상황에서도 나를 긍정적으로 전환하는 힘,
그것이 내 인생에서 주인으로 살아가는 법입니다.

법륜, 승려이자 평화재단 이사장

저는 아침마다 헬스를 합니다. 아침 운동 시간에 하는 여러 운동 중에서, 덤벨을 잡고 양손을 어깨높이 정도까지 올렸다가 내리는 운동이 있습니다. 처음 이 운동을 배울 때, 트레이너가 가벼운 덤벨을 사용하라면서 1킬로그램의 덤벨을 주었습니다. 그런데 너무 가벼웠습니다. 나름 근력만큼은 남에게 뒤지지 않는다고 여겼기 때문에 8킬로그램의 덤벨을 집어 들었지요. 처음에는 이 또한 가볍게 느껴졌습니다. 3~4회를 하니 약간의 무게가 느껴지기는 했지만, 그럭저럭 견딜 만했습니다. 하지만 8회가 넘어가면서는 너무 무거워서 더는 덤벨을 어깨높이까지 올릴 수 없었습니다.

아무리 가벼운 것도 계속 들고 있으면 무거워서 견딜 수 없지

새벽은 오는 것이 아니라 여는 것

117

요. 작은 물병을 들기는 아주 쉽습니다. 이 작은 물병을 10분 동안 들고 있어 보십시오. 견딜 만은 할 것입니다. 한 시간을 들고 있어 보십시오. 얼마나 무거운지 모릅니다.

어쩌면 우리가 가진 부정적 감정이 이런 것이 아닐까 싶습니다. 아주 사소한 것이라 해도 부정적인 감정을 계속 안고 있으면, 오래지 않아 무거운 짐이 될 수밖에 없기에 인상을 쓰게 됩니다.

사소한 일에도 감정을 억제하지 못하고 자주 화를 내는 사람이 있습니다. 왜 화를 참지 못하고 자신의 감정을 주변 사람들에게 표출할까요? 부정적 감정을 계속 들고 있기 때문입니다. 별것 아닌 것처럼 보이는 부정적 감정을 계속 들고 있다 보니 그 무게를 견딜 수 없게 되었기 때문에 화를 내면서 감정을 드러내는 것입니다.

부정적 감정을 오랫동안 들고 있어서는 안 됩니다. 빨리 내려놓아야 합니다. 이를 위해 필요한 것은 어떤 상황이든 긍정적으로 바라보는 마음입니다. 식물은 땅속의 무기물을 자신의 몸 안으로 끌어올려 유기화함으로써 스스로 열매를 맺고 아름다운 꽃을 피워냅니다. 식물도 이렇게 자신을 위해 변화시키는 힘이 있는데, 사람이 못할 리가 있겠습니까. 부정을 마음속에서 긍정으로 전환하는 힘으로 사람은 가치 있는 삶을 꾸려갈 수 있습니다.

지구 반대편에 부정을 긍정으로 바꾸는 놀라운 힘을 가진 사람들이 있습니다. 남아프리카에는 '바벰바'라는 부족이 있습니다. 잠비아의 북부 고산지대에서 화전을 일구며 살아가는 작은 부족이지요. 이 부족에게는 잘못된 구성원을 바로잡는 그들만의 독특한 방식이 있습니다.

먼저 잘못을 저지른 사람을 마을 광장 한가운데에 세워둡니다. 그러면 모든 부족원(어린아이도 이 의식에서 제외되지 않습니다)이 하던 일을 중단하고, 그 사람 주위에 원을 그리며 섭니다. 그런 다음 부족원은 한 명씩 돌아가며 그 사람이 지금까지 살아오면서 행한 좋은 일을 하나씩 이야기합니다. 그의 긍정적 성품과 재능, 그가 베푼 호의와 선행, 인내심을 갖고 마을 일에 참여한 것 등을 빠짐없이 열거합니다. 단 거짓 증언을 하거나 과장한다거나 우스갯소리를 하는 것은 용납되지 않습니다.

모든 부족원이 그 사람의 현재 잘못 대신 그의 과거를 더듬어 칭찬하면서 모든 좋은 면을 이야기합니다. 그에 대한 불만이나 그가 저지른 잘못에 대한 비판은 한마디도 하지 않습니다. 그런 식으로 부족원 전체가 그 사람의 칭찬거리를 다 찾아내면, 의식을 끝내고 즐거운 축제를 벌입니다. 잘못을 행한 사람은 이 축제에서 환영을 받으며 다시 부족의 일원으로 돌아갑니다.

단죄보다는 용서를 택함으로써 선량한 사람으로 살아갈 수 있게 기회를 줍니다. 인류학자들은 바벰바 부족에게 범죄행위가 많지 않은 것도 이 아름다운 치유 의식 때문이라고 분석합니다.

　사실 우리 사회는 부정적 감정을 불러일으키는 일들로 가득합니다. 그러나 그 부정적 감정을 부정적 방식으로 표출할 때 사회는 더욱 험악해질 수밖에 없지요. 자신의 주변에 불미스러운 일이 잦은 것은 서로를 부정적으로 바라보면서 용서하지 못하는 마음 때문은 아니었을까요? 아프리카의 산골에서 제대로 교육도 받지 못하고 원시적인 삶을 살아가는 가난한 부족에게서 우리는 이 용서와 치유의 능력을 배워야 합니다.

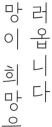

불러옵니다 절망이 희망을

인간은 패배했을 때 끝나는 것이 아니라 포기했을 때 끝나는 것이다.

리처드 닉슨, 미국의 37대 대통령

새해가 되면 각 분야의 전문가가 나와서 미래의 일을 예측합니다. 올해에도 사회, 정치, 경제, 문화 등 여러 분야의 전문가가 나와서 예측했습니다. 사람들이 이러한 예측을 참고하여 미래를 준비할 수 있게 하자는 의도에서겠지요. 그런데 어떤 이는 이 예측에 비관하고 절망에 빠지면서 걱정을 안고 살기도 합니다.

버클리대학교 교수인 필립 테틀럭은 지난 10년 동안 284명의 전문가가 쏟아낸 82,361건의 예측에 대해서 그 진위 여부를 확인했습니다. 그 결과 각 분야의 내로라하는 전문가들의 예측이 거의 맞는 것이 없었습니다. 지나치게 즉흥적이고 지엽적이어서 일반인의 상식과 크게 다르지 않은 경우가 다반사였습니다.

미래는 누구도 제대로 알 수 없습니다. 이른바 전문가라는 사람들조차 비전문가와 별다를 바 없다는 테틀럭 교수의 발표처럼, 사람의 힘으로 미래를 정확히 분석하고 예측한다는 것은 불가능합니다. 그렇기 때문에 사람들의 말에 굳이 영향을 받을 필요가 없습니다. 이런 이야기가 생각납니다.

그림을 그리는 사람이 자신에게 재능이 있는지를 확인해보고 싶어서 유명한 화가를 찾아가서 자신의 그림을 마치 다른 사람의 그림인 양 천연덕스럽게 보여주었습니다. 그리고는 "이 그림을 그린 사람은 화가로서 재능이 있습니까?"라고 물어보았지요. 화가는 흘깃 그림을 보는가 싶더니 조금의 주저함도 없이 말했습니다.

"재능이 전혀 보이지 않습니다. 시간 낭비하지 말고 다른 일을 하는 편이 훨씬 더 낫습니다."

이 말에 낙담한 그는 그림 그리는 것을 포기하고 일찍이 다른 길을 선택했습니다. 그런데 20년이 지났을 무렵 문득 의문이 드는 것이었습니다. 아무리 뛰어난 재능을 가진 화가라 해도 어떻게 잠깐 보고서 재능이 있는지 없는지를 그렇게 쉽게 판단할 수 있을까 싶었던 것입니다. 그래서 다시 찾아가 "선생님은 재능 없는 것을 어떻게 단번에 알 수 있었습니까?"라고 물었지요. 그 화가는 "제가 신이 아닌데 어떻게 단번에 재능이 없는 것을 알겠습니까?"라고 말하는 것이 아닙니까? 하지만 곧이어 이렇게 말합니다.

"그런데 만약 제 말을 듣고 쉽게 포기한 사람이라면, 아무리 재능이 있어도 화가로서 절대 성공할 수 없습니다."

조금 다른 이야기입니다만, 우리나라 청소년의 행복지수가 너무 낮다는 우려의 목소리를 들은 적이 있습니다. 우리의 미래인 청소년들이 희망적이지 않으니 과연 우리나라에 어떤 희망이 있겠냐는 것입니다. 그런데 어떤 책을 보니, 이런 모습이 오히려 희망적이라는 아주 의외의 주장을 펴더군요.

일본을 예로 듭니다. 현재 일본 젊은이들의 행복지수는 역대 최고치입니다. 그런데 인간은 미래에 더 큰 희망을 걸지 않게 되었을 때, 자신의 처지에 만족한다고 합니다. 지금 일본 청소년들의 행복지수가 올라간 것은 현재의 격차사회, 계급사회를 그대로 인정하면서 자신들의 처지에 만족했기 때문이라는 것이지요. 일본의 고도성장기의 버블이 모두 꺼진 지금, 더는 미래에 대한 희망이 없기 때문에 현실에 만족하게 된 것이며, 그것이 행복지수의 수치에 반영되었다고 합니다.

행복지수가 낮음은 곧 행복한 상태로 나아가기 위해 노력할 가치와 실현 가능성이 있다는 뜻입니다. 단순히 행복지수가 낮다고 일찌감치 포기하고 절망에 빠져서는 안 됩니다. 따라서 지금 어렵고 힘들다고 생각하더라도, 여기에 계속 머물러 있을 것이 아니라 여기서 벗어나 새로운 환경으로 나아갈 수 있다는 희망을 간직하면서 살아가는 것이 무엇보다 중요합니다.

능력

행복을 조정하는

내게 희망의 근거는 단순하다.
우리는 다음에 벌어질 일을 모른다는 것.
세상에는 있을 법하지 않은 일과 상상할 수 없었던 일이
꽤 자주 벌어진다는 것.

리베카 솔닛, 미국의 저술가이자 여권운동가

행복에 대한 유전적 요인의 관여도를 따져보니 36% 정도가 연관
이 있다는 조사 결과가 나왔습니다. 부모의 행복도가 유전되어 자
녀에게 미치는 영향이 전체의 3분의 1 정도 된다고 합니다. 그리
고 나머지 3분의 2는 유전이 아닌 주변 환경에 따라 결정된다고
합니다. 개인의 행복은 유전적 요인보다 환경적 요인이 크다는 건
데, 문제는 어렸을 때 그 환경을 스스로 결정할 수 없다는 데 있습
니다. 갓난아기가 "나는 이런 환경이 너무 싫어. 다른 곳에 가서 살
래"라면서 삶의 환경을 선택할 수 없지 않겠습니까? 그래서 부모
나 가정환경이 중요하다고 말합니다.

　나이가 들어가면서 자연스럽게 개인의 삶에 대해 환경적 요인

이 미치는 영향이 약해지기 마련입니다. 그리고 성인이 되면 자신이 주도적으로 선택하고 그 선택을 책임지면서 행복한 삶으로도 불행한 삶으로도 이어질 수 있게 됩니다. 즉 행복을 만드는 3분의 2에 해당하는 환경적 요인을 자기 스스로 만들어갈 수 있다는 것이지요. 그런데 종종 이런 사람들을 만납니다.

"나는 부모의 불행을 그대로 물려받았어", "지금 나의 불행은 어렸을 때, 부모에게 큰 상처를 받았기 때문이야", "가정환경이 너무 나빠서 지금 불행한 거야" 같은 말을 하면서 불행의 원인을 부모에게로 돌립니다. 하지만 부모에게 최악의 조건을 부여받았다 해도 그것이 차지하는 비중은 당사자가 겪는 불행의 3분의 1에 해당할 뿐입니다. 그렇다면 불행의 가장 큰 원인은 무엇일까요? 지금 스스로 불행할 수밖에 없는 환경을 만들어가는 바로 자기 자신에게 있는 것입니다.

자신의 환경을 행복한 삶으로 바꾸려면 무엇보다 먼저 불행의 원인을 남의 탓으로 돌리는 부정적인 마음이 아닌, 작은 것에서도 기뻐할 수 있는 긍정적인 마음이 필요합니다. 또한 미래를 절망이 아닌 희망적으로 바라볼 수 있는 마음이 있어야 합니다.

미국의 어느 통계에 따르면, 양로원에서 노후를 외롭게 보내는 노인에게는 몇 가지 공통점이 발견된다고 합니다.

첫째, 스케이트를 탈 줄 모른다. 다칠까 봐.

둘째, 자전거를 탈 줄 모른다. 무서워서.

셋째, 수영을 배우지 못했다. 죽을 수 있으니까.

넷째, 먼 곳으로 여행해보지 못했다. 겁이 나서.

그분들이 외로울 수밖에 없는 이유는 무엇이었을까요? 나이가 들어서가 아니었습니다. 힘이 빠져서도 아니었습니다. 그보다는 자신에게 닥쳐오는 것들을 정면으로 마주하지 못했기 때문입니다. 다칠까 봐 피하고, 무서워서 피하고, 죽을 수 있으니까 피하고, 겁이 나서 피하고…. 이렇게 피하기만 하다 보면 결국 자신이 할 수 있는 것은 아무것도 없습니다. 그래서 외로울 수밖에 없는 것입니다.

캘리포니아대학교의 소냐 류보미르스키 교수는 자신의 연구에서 이렇게 말합니다.

"행복을 조정할 수 있는 능력의 40%는 본인에게 달려 있다."

맞습니다. 오직 나 자신에게 달려 있는 40%를 포기하면 행복도 없습니다. 갓난아기는 걷고, 넘어지고 다시 일어나기를 반복합니다. 만약 넘어져서 다칠까 봐 걷는 것을 포기하면 어떻게 되겠습니까? 몸을 세우고 걸음으로써 만나게 되는 세상의 경이는 온전히 나의 것이 될 수 없습니다. 물론 그 이후의 성장도 더불어 멈추게 됩니다.

자신의 환경을 스스로 불행하게 만들지는 말아야 합니다. 자신에게 닥쳐오는 많은 시련에 대해 그래서 할 수 없다는 이유를 먼저 붙여서도 안 됩니다. 절망이란 다소 불편한 상황에 대해 자신이 붙인 이름에 불과합니다. 따지고 보면 '가장' 절망적인 상황이란 없습니다. 있다고 해도 그건 당신이 겪는 상황이 아니며, 정도의 차이가 있을 뿐, 그저 힘들고 불편한 시기를 지나고 있을 뿐입니다.

부정적 마음은 스스로 부정의 크기를 키워갑니다. 반대로 긍정은 스스로 긍정의 크기를 키워갈 줄 압니다. 그래서 정말 최악의 상황에서도 웃음을 잃지 않고, 미래를 설계할 수 있는 힘을 얻습니다. 그러니 우리는 되도록 긍정적인 마음으로 선하고 옳은 것을 바라보며 기뻐할 수 있어야 합니다.

어렵고 힘들게 다가오는 그 모든 일도 그것에 의연히 맞서고 극복해간다면, 나를 행복으로 이끌어줄 지도가 됩니다. 먼저 행복을 받아들일 수 있도록 작은 행동부터 변화해보면 어떨까요? 행복의 환경을 만드는 것은 작은 행동에서 시작되기 때문입니다. 그렇게 할 때 우리는 더 이상 고통의 노예가 아닌, 행복의 주인이 될 수 있습니다.

긍정은 힘이 셉니다

긍정적인 태도는 강력한 힘을 갖는다.
그 어느 것도 그것을 막을 수 없다.

매들렌 랭글, 미국의 작가

인간관계에 대한 깊이 있는 연구로 정평이 나 있는 미국의 저명한 심리학자이자 감정 코치인 존 가트맨은 다음과 같은 연구 결과를 발표했습니다.

"부부간의 긍정적 소통과 부정적 소통이 5대 1일 때 결혼 생활이 순탄할 확률이 높고, 이 비율이 1대 1일 때는 이혼할 확률이 높다. 직장에서도 긍정과 부정의 소통 비율이 3대 1을 웃도는 팀이 이에 못 미치는 팀보다 월등히 높은 생산성을 발휘한다. 부정적 소통이 잦은 팀은 성장이 멈추고, 생산성도 떨어질 가능성이 크다."

긍정적 소통이 얼마나 중요한지 알 수 있게 해주는 내용입니다. 긍정적인 마음이 삶을 좀 더 나은 쪽으로 변화시킬 가능성이 큼에도, 많은 이가 부정적인 마음을 바탕으로 판단하고 행동할 때가 얼마나 많은지 모릅니다. 먼저 우리 자신의 모습을 살펴보도록 합시다. 혹 자신의 사사로운 욕심을 채우는 것을 중요시하며, 주변 사람들보다 여유 있는 생활을 한다는 것을 스스로 확인할 때 마음의 안정을 느끼고 있지는 않은지요? 아무런 관계도 없는 타인에게서조차 그의 불행이 나의 행복에 대한 가능성을 높여준다고 생각하고 있지는 않은지요? 자신을 진정으로 범사에 감사할 줄 아는 긍정적인 사람이라 생각하는지요?

군이 연구 결과를 인용하지 않더라도, 긍정적인 마음을 갖는 대부분 사람이 삶에서 활력을 보이는 게 사실입니다. 이 활기를 보여줄 때 사람들은 저절로 모여들 수밖에 없습니다. 이는 곧 새로운 기회와 아이디어 그리고 유용한 정보가 유입될 가능성이 크다는 뜻입니다. 그렇다면 늘 부정적 마음을 가진 사람들은 어떨까요? 부정적 마음으로 말과 행동을 하는 사람 곁에 오래 머물기란 그리 쉽지 않습니다. 더구나 이들과 신뢰를 주고받는 관계를 형성하기도 어렵습니다. 그만큼 고독할 수밖에 없겠지요.

이러한 긍정 심리학이 요즘 크게 주목을 받습니다. 왜냐하면 사회 안에서 그리고 무엇보다도 자기 자신에게도 여러 면에서 부정적 생각을 가진 것보다 훨씬 더 큰 이득을 가져다주기 때문입니다. 그렇기 때문에 자기 자신을 위해서라도 긍정적 마음으로 말과 행동을 하는 데 노력을 아끼지 말아야 합니다.

'만족滿足'은 찰 만滿 자와 발 족足 자로 이루어져 있습니다. 따라서 만족이라는 말의 뜻은 '발이 차 있다'일 것 같지만, 실제로 우리는 '마음에 흡족하다'라는 의미로 사용합니다. '발이 차 있는 상태'가 바로 흡족한 상태를 말하는 것입니다. 물이 발만 적시면 충분하다는 것으로, 돈이든 명예든 발목까지만 차면 그만인 것입니다. 그 이상까지 적시려는 것은 무엇일까요? 바로 '욕심'입니다.

이 욕심 때문에 우리는 만족할 수 없게 됩니다. 그래서 감사할 수 없고 긍정적 마음 또한 가질 수 없습니다. 그러나 내 발까지만 차 있는 상태에 만족할 수 있다면, 소소한 것들에 감사할 수 있으며 긍정적인 삶으로 나아갈 수 있게 될 것입니다.

지금 우리의 만족은 어디까지입니까? 혹시 발이 아니라 머리 끝까지 차 있기를 바라는 것은 아닐까요? 물이 발까지 차면 만족할 수 있지만, 머리끝까지 차면 숨을 쉴 수 없게 되어 결국 죽고 맙니다. 마찬가지로 우리가 가진 욕심과 이기심이 우리를 죽음으로도 이끌 수 있다는 것을 명심해야 합니다. 감사와 긍정적 마음이 우리를 진정으로 살게 할 것입니다.

걱정이라는 걱정
걱정이 많아

걱정해서, 걱정이 없어지면, 걱정이 없겠네.

티베트 속담

걱정이 너무 많은 사람이 있었습니다. 많은 걱정 때문에 늘 고민이었지요. 그러던 어느 날, 어떤 분에게 걱정들을 객관화할 필요가 있다면서 생각날 때마다 걱정을 적어보라는 조언을 들었습니다.

이때부터 열심히 머릿속에 드는 걱정을 노트에 적기 시작했습니다. 때로는 글로 때로는 그림을 그리면서 자신의 걱정을 계속해서 적고 그렸습니다. 하루 평균 5장 정도 빼곡히 걱정을 적었습니다. 그러던 어느 날, 걱정을 일일이 쓰다 보니 팔이 너무나도 아픈 것입니다. 그래서 아주 작은 걱정은 노트에 적지 않기로 했습니다.

작은 걱정들을 건너뛰다 보니 이상하게도 걱정이 서서히 잦아졌습니다. 전에는 걱정 하나가 생각나면 얼른 썼는데, 귀찮고 힘들어서 '이것은 별걱정 아냐'라면서 넘어가다 보니 자신의 걱정이 점점 줄어들어서 아무 걱정 없이 보내는 날들이 많아졌답니다.

어떤 분이 제게 울렁증이 너무 심해서 사람 만나는 것이 힘들다고 합니다. 저는 이분이 얼마나 힘들지 잘 압니다. 왜냐하면 제가 학창 시절에 이 '울렁증' 때문에 아주 힘들었기 때문입니다. 사람들 앞에만 서면 심장 뛰는 소리가 청중에게 들릴 것만 같고, 떨리는 목소리를 감추려고 하다 보니 입 밖으로 나오는 목소리가 더욱더 작아져만 갔습니다. 여기에 사시나무 떨듯이 떨리는 온몸을 가리는 것 역시 힘든 일 중의 하나였지요. 그것도 일종의 걱정이 앞서서 생기는 증상일 것입니다. 제가 과거에 이러했노라고 말하면, 대부분 사람이 믿지 않습니다. 지금의 제 모습에서는 전혀 보이지 않으니까요. 하지만 신부가 되는 것을 심각하게 고민할 정도로 힘들어했던 것이 바로 이 '울렁증' 때문이었습니다.

처음에는 이 혼란스러운 감정과 정면으로 맞서 싸우면 될 줄 알았습니다. 이것이 용기 있는 사람의 모습이라고 자신에게 이야기했습니다. 그러나 이렇게 애쓸수록 불안감은 더욱더 커져만 갔고, 더 자신이 없어졌습니다. 그러던 중에 이렇게 스스로에게 말하면서 불안감을 그냥 받아들이기로 마음먹었지요.

"나는 이 떨림이 너무 좋아."

그렇게 생각하면서 떨려도 그냥 사람들 앞에 섰습니다. 그러던 어느 날 깜짝 놀랐습니다. 어느 순간 전혀 떨지 않는 저 자신을 발견했습니다. 이 기억을 떠올리면서 무엇인가에서 벗어난다는 것이 다 이렇지 않을까 싶더군요. 솔직히 나를 지배하는 것에서 벗어나기란 분명히 어렵습니다. 그런데 놓아버리면 어느 순간에 내게 아무것도 아닌 것이 될 수 있습니다. 돈이나 명예, 각종 부정적 감정들 모두 그렇지 않을까요?

따지고 보면 실체가 불명확한 걱정이 또 다른 걱정을 불러들이는 일이 많습니다. 걱정이 걱정을 낳는 셈이지요. 우리가 가진 큰 걱정이라는 것들이 사실은 그리 대단하지 않을 때가 참으로 많습니다. 걱정으로 힘들어하시는 분들은 자신의 걱정을 노트에 적어보시기 바랍니다. 팔이 아파서 그만둘 때까지 말이지요. 힘들어서 걱정을 내려놓을 수도 있지 않을까요?

고통과 시련은 정상입니다

> 천 번을 넘어질 수 있지만 중요한 건
> 용기를 내서 다시 시작하는 것이다.
> 세상엔 딱 한 종류의 실패자들이 있는데,
> 이는 싸우기와 꿈꾸기와 사랑하기를 포기한 사람들이다.
>
> 호세 무히카, 전 우루과이 대통령

종종 마주치기도 하는데, 알코올 중독자를 가족으로 둔 가정에 대해 안타까움을 금할 수 없습니다. 자녀를 비롯한 가족들이 겪어야 하는 고통을 짐작하기란 그리 어려운 일이 아니기 때문입니다. 실제로 알코올 중독자의 가정에서 성장한 사람들은 본인 스스로 알코올 중독자로 전락하는 경우가 부지기수라고 합니다. 그리고 그 사람들 중에 상당수는 부모에게 물려받은 유전적 요인 때문에 어쩔 수 없었다면서 부모를 원망하기도 합니다.

당연한 이야기지만, 그렇다고 해서 모두가 부모를 따라 알코올 중독자가 되는 것은 아닙니다. 오히려 정반대의 모습으로 훌륭하게 살아가는 사람도 아주 많습니다. 이들은 굳은 결심으로 부모의 모습과 달라지려고 마음을 다잡고 태생적 불운에서 도망치려 부단히 노력하기 때문입니다.

부모의 알코올 중독 때문에 내가 잘될 수 없는 것일까요? 오히려 그 부모의 모습을 반면교사로 삼아 더 잘될 수 있는 가능성이 불운의 크기만큼 열려 있는 것이고, 그 예 또한 주위에서 종종 목격하곤 합니다. 결국 부모 탓이 아니라, 어떠한 마음을 갖고 어떻게 받아들이느냐에 따라 자신의 미래가 결정된다는 사실을 알 수 있습니다.

사실 불평과 원망만으로는 긍정적인 모습으로 변화될 수 없습니다. 하지만 사랑의 마음을 가지고 있다면, 어떠한 상황에서도 긍정적인 방향으로 나아갈 수 있습니다. 그렇다면 어떠한 삶이 행복한 삶으로 나 자신을 이끌어줄까요?

어느 병원에 치료하러 온 2명의 남자 환자가 있었습니다. 그중한 명은 일하다가 본인의 실수로 손가락 두 마디를 잃었고, 또 다른 한 명은 교통사고로 다리를 크게 다쳐서 평생 휠체어를 타야만 하는 상황에 놓인 환자였습니다. 모두가 좋지 않은 상황입니다. 그런데 손가락을 잃은 남자가 병원에 오면 모든 직원이 긴장하고 피하려고만 합니다. 왜냐하면 손가락 없는 자신을 비관하면서 끊임없이 세상에 대한 불평불만을 늘어놓기 때문입니다. 앞으로 어떻게 살아야 할지, 가족들을 어떻게 부양해야 할지, 사람들의 시선을 어떻게 이기면서 살아갈 수 있느냐고 하면서 신세한탄을 늘어놓습니다.

하지만 교통사고로 다리를 크게 다친 분이 오면 모든 의료진들이 도움을 주려고 다가옵니다. 왜냐하면 그렇게 힘든 상황인데도 늘 웃음을 잃지 않기 때문입니다. 누군가 치료 중에 이렇게 물었습니다.

"이렇게 갑자기 장애인이 되었는데 힘들지 않으세요?"

그러자 그는 웃으면서 이렇게 대답합니다.

"사람은 누구나 장애인이 될 수 있다고 생각합니다. 저는 남들보다 조금 더 빨리 된 것에 지나지 않아요."

고통과 시련을 통한 좌절의 순간은 누구에게나 찾아옵니다. 그런데 그 순간을 대하는 사람들의 시선은 모두 다른 것 같습니다. 어떤 분은 긍정적으로 잘 극복하지만, 또 어떤 분은 부정적으로 바라보면서 더욱더 힘든 좌절의 순간을 경험하게 됩니다. 그렇다면 어떤 선택을 해야 할까요? 어렵고 힘들겠지만, 긍정적인 삶을 선택하는 데 최선을 다해야 합니다.

문득 오랫동안 사용하던 노트북에 이상이 생겨 A/S 센터를 찾아갔던 일이 생각납니다. 기사님께서는 전원을 켜보지도 않고 먼저 노트북의 모델을 확인하더니 곧바로 "이 노트북은 정상입니다"라고 합니다. 무슨 말씀인가 했더니만, 산 지 너무 오래되었기 때문에 이상이 생기는 것은 당연하다는 것이지요.

사람의 몸도 그렇습니다. 오랫동안 사용하면 문제가 생기는 것은 당연합니다. 하지만 몸이 아프면 우리는 무조건 비정상이라고 생각합니다. 실제로 사람의 몸은 가끔 병이 나는 것이 정상이라고 하더군요. 우리 몸의 정화 시스템은 부패한 것들을 밖으로 보내는데, 이것이 바로 예상치 못한 '병'의 형태로 나타난다고 합니다. 따라서 '병'은 오히려 몸의 정화 시스템이 잘 작동하는 지극히 정상적인 모습입니다.

우리는 고통이나 시련을 비정상이라고 생각합니다. 그러나 이역시 정상이 아닐까 싶습니다. 안일한 마음에서 벗어나고, 나 자신을 지금보다 더 성장하게 해주는 가장 정상적인 일이라는 것이지요. 따라서 아무런 문제가 없음이 오히려 비정상이라고 생각하며 살아간다면 어떨까요? 어떠한 상황에서도 좀 더 여유롭게 살아갈수 있지 않을까요?

생각의 회로를 바꿔봅시다

> 자신의 마음을 읽는 법을 알 때,
> 다른 사람의 마음에 있는 지혜를 얻을 것이다.
>
> 드니 디드로, 18세기 프랑스의 계몽주의 사상가

해외에 나가면 휴대전화를 켜는 순간 문자 메시지 왔다는 소리가 우렁차게 울립니다. 처음에는 '해외에 나왔는데 누가 보낸 메시지이지?'라고 생각했지만, 몇 번의 경험이 있은 뒤에는 어디에서 오는 것인지 알게 되었습니다. 바로 외교부에서 보낸 문자 메시지입니다. 제가 도착한 지역에 대한 주의사항과 함께 위급할 때는 영사콜센터를 이용하라고 안내해줍니다.

언젠가 동료 신부들과 함께 해외에 나갔을 때, 이때도 예외 없이 외교부에서 문자가 왔습니다. 그런데 한 분께서 불쾌한 표정을 지으면서 이렇게 말합니다.

"휴대전화 하나로 위치 추적이 가능하다니까? 이렇게 문자 메시지가 오면 누군가 날 감시하는 느낌이야."

그런데 같은 상황에서 다른 한 분은 조금 다르게 말합니다.

"그래? 나는 오히려 내가 국가로부터 보호받는다고 생각해 좋은데. 내가 어디에 있는지를 알아야 나를 보호해줄 수 있잖아."

똑같은 문자 메시지인데도 어떻게 받아들이는지에 따라서 화가 날 수도 있고, 또 반대로 기분이 좋아지기도 합니다. 왜 그럴까요? 바로 상황을 어떤 마음으로 바라보느냐에 따른 결과가 아닐까요? 이렇게 생각의 기준을 바꾼다면, 의외의 큰 결과를 만들어낼 수 있습니다. 긍정의 마음으로 내게 다가오는 모든 상황을 바라본다면, 자신의 마음과 주변을 밝게 만들 수 있습니다.

생각의 힘이 얼마나 중요한지를 보여주는 실험이 있습니다. 피아노를 직접 손으로 치는 것과 생각만으로 치는 것으로 활동에 관여하는 두뇌피질 부위에 어떤 변화가 있는지를 보았습니다. 그 결과 두뇌피질 부위가 똑같이 확장되었습니다. 생각만으로 피아노를 쳐도 손으로 치는 것과 같은 효과가 있다고 합니다.

실제로 무슨 일이든 두뇌를 자주 쓰면 두뇌는 그 일에 아주 능통해집니다. 그렇다면 어떤 일에 두뇌를 쓰면 좋을까요? 우리에게 가장 유용하고 필요한 것이 감사하는 쪽으로 두뇌를 사용하는 것이라고 합니다. 그러면 긍정적인 기분이 형성되고 점차 뇌 경로가 강화되어 더욱더 큰 긍정적인 기분이 생긴다고 하네요. 그런데 많은 이가 이처럼 감사하는 쪽으로 두뇌를 사용하기보다는 원망하고 미워하는 쪽으로 사용할 때가 많습니다. 그러다 보니 긍정적인 마음보다는 부정적인 마음으로 세상을 바라보게 되어 불평불만이 많아질 수밖에 없습니다.

어떤 분이 세상이 요 모양 요 꼴인데 어떻게 좋은 생각을 가질 수 있냐고 말합니다. 그래서 사는 것이 지옥 같다고 하는 분들도 있습니다. 그러나 반대로 너무나도 힘든 상황이 분명한데도 감사하다고 하면서 사는 분이 있습니다. 이분들은 삶이 절대 지옥이라고 생각하지 않습니다. 대신 희망만을 생각하시기에 이쪽으로 뇌 경로가 강화되어 긍정적인 마음과 감사의 마음으로 살아갑니다.

그렇다면 여러분은 어느 쪽으로 두뇌를 사용하시겠습니까? 다시 말하면 어떤 생각을 하시겠습니까? 그리고 나의 뇌 회로를 바꿔보면 어떨까요.

첫째, 하루에 적어도 한 번은 고맙다고 말할 이유를 찾습니다.

둘째, 문제보다는 긍정적인 면에 초점을 맞춥니다.

셋째, 배우자를 비롯한 가까운 사람에게 왜 고마운지를 말합니다.

이 세 가지만이라도 적극적으로 실천한다면, 분명히 뇌 회로가 바뀌어서 새로운 나로 변화될 것입니다. 실제로 우리는 이런 사람을 좋아합니다. 자신을 조건 없이 감사하게 여기고 인정하는 사람이 좋지 않습니까? 그리고 이런 사람과 본능적으로 같이 있고 싶어 합니다.

　이렇게 같이 있고 싶어 하는 사람이 될 수 있도록 나의 뇌 회로 자체를 바꿀 수 있어야 합니다. 분명히 큰 기쁨과 행복을 맘껏 누리게 될 것입니다.

아직 희망의 끈을 놓을 때가 아닙니다

절망하지 마라!
종종 열쇠 꾸러미의 마지막 열쇠가 자물쇠를 연다.

필립 체스터필드, 18세기 영국의 정치가이자 저술가

요즘 살기가 너무 힘들다는 말을 종종 듣습니다. 하긴 매스컴 보도를 통해서 바라본 우리나라의 현실은 그리 밝지 않습니다. 경제적 이유로 연애, 결혼, 출산을 포기한다는 삼포 시대라는 말까지 나왔습니다. 이런 모습이 과연 올바른 사회의 모습일까요? 사회가 그렇다 보니 체념하는 사람들이 많아진다고 합니다. 자신에게 주어진 상황에 의연하게 대처하는 것이 아니라, 해보기도 전에 너무 쉽게 포기한다는 것입니다. '체념'이라는 단어를 국어사전에서 찾아보면 이렇습니다.

"희망을 버리고 아주 단념함."

너무나도 슬픈 말이 아닐까 싶습니다. 체념을 통해 삶의 의지가 꺾이기 때문입니다. 실제로 조난자들을 죽음으로 모는 것은 식량 부족이나 체력 저하가 아니라고 합니다. 희망을 버리는 순간에 조난자는 모든 것이 무너질 수밖에 없다고 합니다. 즉 체념을 통해 삶에 대한 의지가 완전히 꺾이고 마는 것입니다.

실패하는 사람의 대부분은 무척 단순한 이유로 실패를 경험한다고 합니다. 바로 너무 일찍 희망을 버리기 때문입니다. 만약 1년만 참으면 성공이 온다는 것을 안다면 희망을 버릴까요? 평생에서 1년이라는 시간은 아주 짧습니다. 그럼에도 포기하는 것은 현재의 데이터를 가지고 미래까지 희망이 없다고 단정 짓기 때문입니다. 삼포의 시대, 체념의 시대를 살아가는 우리입니다. 하지만 우리가 희망을 포기하지 않는다면, 다시 한번 힘차게 발걸음을 내디딜 수 있는 이유가 됩니다.

저는 고 장영희 교수님의 글을 좋아합니다. 그분이 번역하신 영시도 좋아하고, 또한 그분이 쓰신 수필집 역시 무척이나 좋아합니다. 특히 그분의 삶을 알게 된 후부터 더욱더 장 교수님의 글을 좋아하게 되었습니다.

장영희 교수님은 태어난 지 1년 만에 척수 소아마비를 앓아 두 다리를 쓸 수 없었습니다. 다섯 살이 될 때까지 제대로 앉지도 못해 온종일 누워 있어야만 했지요. 그래서 어머니가 초등학교 3학년 때까지 딸을 업어 등하교시켰습니다.

이렇게 어렸을 때부터 평생 목발을 의지해 살았습니다. 그런데 엎친 데 덮친 격으로 2001년부터 9년간 세 차례나 암에 걸려 투병 생활을 했지요. 2001년에 유방암에 걸렸으나 강인한 의지로 다시 회복했습니다. 하지만 2004년에 척추로 전이된 암은 다시 간으로 전이되고 말았습니다. 그리고 힘겨운 투병 생활 끝에 결국 주님의 곁으로 가셨습니다. 이렇게 힘겨운 삶을 살면서도 이런 말을 남겼습니다.

"신은 다시 일어서는 법을 가르치기 위해 넘어뜨린다고 나는 믿는다."

이런 믿음으로 어떠한 상황에서도 희망을 잃지 않고 살았습니다. 그 희망이 교수님의 글에 온전히 담겨 있습니다.

우리는 자신이 가장 힘든 길을 가고 있다고 착각하곤 합니다. 그러나 스스로 희망을 버렸기 때문에 힘들게 느껴지는 것이 아닐까요? '힘든 길' 또한 본인 스스로 만든 길이지요. 타인의 고통은 차치하더라도 동료와 가족의 어려움조차 잘 헤아리지 못하면서, 내가 '가장' 힘들다고 생각하는 것은 처음부터 자신의 고통에만 함몰되었기 때문입니다. 희망은 내가 짊어지는 고통의 무게를 절반으로 줄여줍니다. 지금껏 버텨왔던 나머지 절반의 힘으로 무엇이든 다시 시작할 수 있는 겁니다. 그러니 어떠한 순간에서도 희망의 끈을 놓지 마시기 바랍니다. 이 희망의 끈이 우리가 넘어지지 않도록 꽉 잡아줄 것입니다.

시작은
귀를 기울이는
것부터

나
눔
의

행
복

시
작
은

귀
를

기
울
이
는

것
부
터

나눔은 우리를 '진정한 부자'로 만들며,

나누는 행위를 통해 자신이 누구이며 또 무엇인지를 발견하게 된다.

마더 테레사, 유고슬라비아 출신의 수녀이자 노벨평화상 수상자

세계 최대 규모의 공항 면세점인 DFS 공동 창업자로 억만장자가 된 미국의 사업가가 있습니다. 그의 이름은 '척 피니'입니다. 그는 지독한 구두쇠로도 유명했습니다. 값비싼 시계가 아니라 싸구려 전자시계를 차고 다니고, 돈이 많은데도 비행기를 탈 때는 일반석만 고집하던 사람입니다. 개인 자동차도 없고, 임대아파트에 거주했으며, 늘 허름한 식당에서 식사를 해결합니다. 그래서 한 경제잡지에서는 그를 두고 이렇게 비아냥거렸습니다.

'부유하고 냉철하고, 돈만 아는 억만장자.'

사람들도 그를 그런 구두쇠로만 보았습니다. 그러던 어느 해 그의 회사가 회계조사를 받던 중에 수십억 달러의 거금이 다른 회

사 이름으로 계속해서 지출되었다는 사실이 발견되었습니다. 사람들은 비자금을 조성한 것이라고, 또 어떤 사람은 척 피니가 회삿돈을 횡령했다고 생각했습니다. 그런데 알고 보니 그 어마어마한 거금은 어려운 이웃들을 위한 기부금이었습니다. 그리고 그는 지금까지 자기 재산의 99%인 9조 5,000억 원을 기부했습니다.

그 뒤로 척 피니에 대한 사람들의 평가는 완전히 뒤바뀌었습니다. 남모르게 기부 활동을 하던 그를 존경할 수밖에 없었지요. 이런 모습에 감격한 세계적인 갑부 빌 게이츠는 그를 자신의 롤모델로 삼기까지 했습니다.

자선은 마음먹기에 따라 남의 눈에 띌 수도 있고 몰래 할 수도 있습니다. 대부분 사람은 몰래 하기보다는 남이 모두 다 알게 하려고 합니다. 그래서 자선을 베풀고서 사진을 찍어서 기록을 남기는 모습도 종종 봅니다. 어떤 사람은 동네방네 다 퍼뜨리고 다니기도 하더군요. 다른 목적을 달성하려고 자선을 활용하는 거지요.

해마다 연말이면 동사무소 앞에 쌀 수백 가마를 부려다 놓고 소리 없이 사라지거나 자선냄비에 천만 단위에서 억 단위에 이르는 돈을 성금으로 내놓고 홀연히 사라지는 사람들이 있습니다. 척 피니와 자선의 규모는 다르지만, 마음의 크기는 같을 겁니다.

드러내놓고 과시하는 분들보다는 이런 분들을 더 존경하는 사회가 되었다는 건 다행스러운 일입니다. 저 역시 남몰래 나눔을 실천하는 분들을 진정으로 존경하고 사랑합니다.

우리 주위에는 많은 재산이 있으면서도 넉넉하지 않다고 생각하는 사람들이 많습니다. 어떤 분이 몇십억 원의 자산을 가진 분에게 말했습니다.

"여유가 있어서 좋겠어요."

그러자 그 부자는 말했습니다.

"그저 밥이나 먹고 삽니다."

들기에 따라서는 상당히 기분 나쁘게 들리는 말입니다. '그럼 나는 흙 파먹고 살아야 한다는 얘기냐?' 뭐 그렇게 들릴 수도 있으니까요. 그럼 그 사람은 왜 그렇게 생각할까요? 마음속에 자신보다 더 많이 가진 사람들만 가득 차 있기 때문입니다. 그러다 보면 당연히 자신의 자산이 부족하다고 생각하게 됩니다. 남들 눈에는 가질 만큼 가졌다고 보이겠지만, 정작 자신은 절대로 만족할 수 없습니다.

재산에는 한계가 있지만, 욕망에는 한계가 없습니다. 재산에 집착하는 사람일수록 재산을 모으게 되고 그만큼 욕망도 커지는 게 일반적인 경향입니다. 그래서 부자일수록 오히려 나눔을 겁낸다고 합니다. 나눔으로 인해서 가난해질 것 같은 느낌을 받기 때문입니다. 하지만 재산에 집착하지 않는 사람들은 여유가 있지 않아도 나눔을 실천하면서 넉넉한 마음으로 살아가는 경우가 많습니다.

본당을 새로 지어서 봉헌한 신부님은 부자들이 많은 기부를 해서 본당을 지을 수 있었다고 생각했습니다. 그런데 결산하면서 살펴보니, 부자들의 기부가 아닌 평범한 사람들의 기부로 이루어진 것을 발견하게 되었습니다. 평소에 그렇게 생색을 냈던 부자들이 정작 자신의 것을 나누는 일에는 인색하기 그지없습니다.

내가 많은 것을 가져야만 나눌 수 있는 것이 절대로 아닙니다. 자신이 공동체의 일원임을 생각하면서 이웃을 따뜻한 마음으로 바라보는 것만으로도 충분히 가능합니다. 그런 마음으로 살아가는 사람들이 지속해서 소소한 나눔을 실천하며, 우리 사회를 그래도 살 만한 곳으로 만들어갑니다. 이웃에게 따뜻한 말을 전하는 나눔, 힘들어하는 사람들을 가만히 안아주면서 토닥여주는 나눔, 고통 속에 있는 사람의 말을 시간을 내어 잘 들어주는 나눔 등 세상은 넓고 나눔은 정말 많습니다.

발견하는 미래

실패에서

실패를 단 한 번도 겪지 못한 삶이 진정한 실패다.

샤를 페팽, 프랑스의 철학자

19세기 중반 프랑스의 한 염색공장에서 있었던 일입니다. 모두가 바쁘게 그리고 정신없이 일하고 있었지요. 그런데 한 여직원이 실수로 등유가 들어 있는 램프를 염색 테이블 위에 떨어뜨렸습니다. 램프가 깨지면서 램프 안의 등유가 쏟아져 테이블 위에 있었던 작업물들이 엉망이 되고 말았습니다. 공장 직원들은 어떻게 하냐면서 화를 내기 시작합니다. 쉬지도 못하고 열심히 일한 작업물이 엉망이 되고 말았으니 원망의 눈길을 받는 건 당연했을 겁니다. 모든 사람의 눈길이 사고의 원인을 제공한 여직원에게 쏟아졌습니다.

하지만 이런 상황에서도 화를 내지 않고 그 상황을 유심히 관찰하던 사람이 있었습니다. 이상한 점을 발견할 수 있었거든요. 테이블에는 여러 염색약 때문에 얼룩이 아주 심했는데, 유독 등유를 쏟아버린 부분만 얼룩이 깨끗하게 지워졌습니다. 이렇게 화를 내지 않고 관찰한 사람이 바로 '드라이클리닝'을 발명한 장 밥티스트 졸리입니다.

솔직히 우리는 자신에게 피해를 준 사람을 잘 받아들이지 못합니다. 줄곧 자신의 피해에만 골몰하면서 그 사람을 얼마나 미워하는지 모릅니다. 그러나 이 미움의 굴레에 갇혀 있으면 미움의 감정만 커진다는 것 외에 변화되는 것이 하나도 없습니다. 부정적인 마음이 커지면서 지금의 삶을 더욱더 어렵게 할 수밖에 없습니다. 그런데 앞서 말한 장 밥티스트 졸리처럼 실수 가운데에서도 미래를 바라보는 사람은 어떤가요? 망쳐버린 물건들을 쓰레기통에 처박고 분을 삭이지 못해 소리만 질러댔다면, 드라이클리닝이라는 새로운 기술은 그의 것이 될 수 없었습니다. 부정적 감정에 사로잡히지 않고 실패를 분석해낼 수 있다면, 우리는 미래에 웃을 수 있는 사람이 될 수 있습니다.

나라의 일에도 긍정적 감정이 필요하다고 봅니다. 우리나라는 전 세계에서 유일한 분단국가로, 남과 북이 서로 반목하면서 살아온 지가 벌써 70년이 가깝습니다. 그동안 상대를 향한 비방과 비난이 얼마나 많았습니까? 또 날조와 조작은 얼마나 많았습니까?

북측을 적으로 가리키면서 '무찌르자 공산당'을 외치며 놀았던 어렸을 때의 기억도 떠오릅니다. 대립과 반목이 이어져 오면서 몇 번 화해의 상황이 이루어지기도 했지만, 서로의 이념 차이로 인해 다시 대결 모드가 되면서 긴장이 고조되는 상황도 참으로 많았습니다. 이런 상황에서 이념을 정치적으로 이용해 더욱더 갈등을 키워왔던 것이 우리나라의 슬픈 현대사가 아닐까 싶습니다.

그런데 근래에 들어서서 남북한의 관계가 점점 희망적으로 나아가고 있습니다. 아직도 갈 길이 멀지만, 오랫동안 우리 민족이 바랐던 일들이 이제 결실을 보리라는 기대도 있습니다. 물론 선부른 예단일 수도 있겠지요. 그러나 어떤 경우도 더 이상 미움의 감정만을 내세우는 부정적 관계가 되어서는 안 됩니다. 이제는 미래를 바라보면서 큰 희망 아래 하나 될 수 있는 우리나라가 되어야 합니다. 희망으로 가득한 미래를 바라보면서 큰 사랑을 완성하는 역할을 우리가 해낼 수 있도록 노력해야 합니다.

세상엔 감사해야 할 일이 차고 넘칩니다

오늘 나는 행복한 사람이 될 것을 선택하겠다.
나는 어떤 상황에서도 나의 삶에 감사하겠다.

안네 프랑크. 나치 치하의 독일에서 태어난 유대인 소녀

중학교 때, 형님과 함께 부산에 간 적이 있습니다. 당시에는 형님도 학생이라 주머니를 털어 용산역에서 '비둘기호'를 타고 부산까지 갔습니다. 10시간이 걸렸는데 무척이나 힘들었던 기억이 아직도 생생합니다. 지금이야 서울역에서 KTX 초고속 열차를 타면 부산까지 3시간밖에 걸리지 않지요.

사실 우리나라에 KTX가 생긴다고 했을 때, '손바닥만 한 이나라에 최고속도가 시속 300킬로미터를 넘는다는 초고속 열차가과연 필요할까?'라는 의문을 가졌습니다. 그러나 이 초고속 열차덕분에 편하게 부산까지 가 강의하고 당일에 돌아올 수도 있더군요. 주로 강의와 관련된 일이지만, 저는 이렇게 먼 곳에 갈 때마다

발달한 교통수단의 혜택을 받습니다.

제가 하는 강의만 생각해도 세상에는 감사할 일이 참으로 많다는 것을 깨닫습니다. 강화에서 부산까지는 우리나라에서 최장거리라 할 수 있는데도 불구하고 교통이 편해져 시골 노인들이 읍내 나가듯 다녀옵니다. 이러한 시대를 살아간다는 사실이 감사하게 와닿습니다. 또 그렇게 먼 거리를 왔다고 하더라도 강의를 들어주는 사람이 없다면 어떨까요? 저의 부족한 강의를 경청해주시는 분들이 계셔 이 또한 감사할 따름입니다. 강의할 때마다 사용하는 마이크, 노트북, 프로젝트 등 역시 고마운 도구들입니다. 누군가 발명한 도구들 때문에 편하게 그리고 효과적으로 강의를 할 수 있으니 이 얼마나 감사한 일이겠습니까?

이렇게 우리의 일상에는 감사할 일들이 너무도 많습니다. 그러나 저를 비롯해 우리는 이 사실을 자주 잊어버리곤 합니다. 너무나 일상적이어서 둔감해진 탓일까요. 감사는커녕 불편을 호소하기도 합니다. 마치 자신이 누리는 모든 것이 자신의 노력만으로 이루어졌다는 착각 속에 빠지기 때문입니다. 자신의 일과 관련된 많은 것을 배제했을 때, 정작 자신은 별것 아닌 존재가 될 수밖에 없다는 사실을 너무 쉽게 망각합니다.

우리는 매년 두 번의 큰 명절을 치릅니다. 그중 하나가 한가위, 추석입니다. 가을의 달빛이 가장 좋은 밤이라는 뜻이니 달빛만큼이나 우리를 충만하게 만드는 명절입니다. 또 모든 것에 감사를 드리는 날입니다. 나를 이 자리에 있도록 해주신 조상님들을 기억하면서 감사하는 날이고, 호의를 베풀어준 어른들과 친지 그리고 이웃에게 감사를 전하는 날입니다. 그리고 풍성한 과실과 곡식을 베풀어준 자연에도 감사를 드리는 날입니다.

제가 있는 강화 옆에는 '김포'라는 지역이 있습니다. 우연히 이 김포의 옛 이름이 '투금포'라는 말을 들었습니다. '금을 버린 포구'라는 뜻입니다. 이 지명의 유래를 찾아보니 어렸을 때 보았던 동화의 내용이었습니다. 아마 여러분들도 잘 아실 겁니다. 그 내용은 이렇습니다.

의좋은 형제가 길을 걷다가 금덩어리 2개를 주웠습니다. 형제는 이 금덩어리를 사이좋게 하나씩 나눠 가졌지요. 그런데 나루터에서 동생이 금덩어리를 냅다 강물에 버리는 것이 아닙니까? 형이 깜짝 놀라서 그 이유를 물으니 이렇게 답합니다.

"형! 정말로 미안한데, 해서는 안 될 생각을 했거든. 글쎄 '형이 없었다면 금덩어리를 내가 다 차지했을 텐데'라고 생각한 거야. 이렇게 부끄러운 생각을 하게 한 금덩어리는 내게서 사라져야만 해. 그래서 금덩어리를 강물에 집어 던졌지."

이 말을 들은 형은 어떻게 했을까요? 형 역시 나루터에서 금덩어리를 강물을 향해 집어 던집니다. 형 역시 동생과 같은 생각을 했기 때문입니다. 우연히 얻은 금으로 인해 형제간의 우애가 깨질 것이 두렵고, 또 그런 생각을 했던 것이 부끄러워 금을 던진 곳이라고 해서 '투금포'가 되었답니다.

전에는 아무런 생각 없이 지나던 곳인데, 이제는 김포를 지나갈 때마다 이 이야기가 생각납니다. '김포'라는 이름의 뜻을 알고 나서는 이 지역이 너무도 멋지고 아름다운 곳처럼 여겨집니다. 아마 이 두 형제가 금덩이에만 욕심을 부렸다면 김포라는 도시는 생겨나지 않았을지도 모릅니다. 서로가 있다는 사실에 감사한 마음을 가졌던 형제가 있었기에 지금의 김포가 있는 건 아닐까 싶습니다.

우린 혼자일 수는 없습니다

우리는 누군가를 따라잡기를 원하는 것이 아니다.
우리가 원하는 건 늘 나아가는 것, 밤이나 낮이나,
동료들과 모든 인간과 함께 나아가는 것이다.

존 버거, 영국의 소설가이자 비평가

제가 어렸을 때 화장실은 대부분 바깥에 있었습니다. 그것도 지금
처럼 깨끗한 수세식 화장실이 아니라, 심한 냄새가 나는 재래식
화장실이었지요. 냄새야 별문제가 되지 않았지만, 어두운 밤에 화
장실 가는 것이 늘 문제였습니다. 화장실의 30촉 백열등 불빛 아
래에서 일을 보다 보면, 밑에서 갑자기 무엇인가가 튀어나올 것만
같았거든요. 화장실에 관련된 귀신 이야기가 왜 밤에 화장실 갈
때만 생각나는지 모르겠습니다.

   아무튼 어두운 밤에 혼자 화장실 가는 것은 언제나 큰 곤욕이
었습니다. 그래서 형에게 종종 부탁해서 함께 갔던 기억이 납니다.
물론 "혼자 다녀와!"라고 말하면서 거절할 때도 있었지만, 착한 제

형은 무서워하는 저를 위해 화장실을 같이 가주곤 했지요.

누구와 함께 있다는 것만으로도 큰 위로가 됩니다. 심리학자 가겐은 눈앞에 들어 올린 자기 손조차 보이지 않을 정도로 완전히 어두운 방 안에 남녀 몇 명을 두고 어떤 행동을 하는지 관찰하는 실험을 했습니다. 처음에는 서먹서먹하게 조용히 대화만 몇 마디 나누는 것이 전부였지만, 30분이 지나자 서로 접촉하고 얼싸안기 시작했다고 합니다. 두려움을 혼자 이기기 힘들었기 때문이지요. 그리고 누군가와 함께 있다는 확신은 안정을 취하게 했습니다.

이처럼 누군가와 함께하는 것은 중요합니다. 세상을 살면서 두려움이나 절망을 단 한 번도 체험하지 않을 사람이 있을까요? 미래가 보이지 않아 힘들어하는 사람들이 있습니다. 병을 얻어 고통 속에서 두려움과 절망을 체험하는 사람들도 있습니다. 굶주림으로 좌절하는 사람 역시 적지 않습니다. 그 밖에 다양한 이유로 사람들은 두려움과 절망을 느낍니다. 고통을 나누고 용기를 불어넣어줄 누군가가 있다면, 그렇게 절망적이진 않겠지요. 그래서 셰익스피어가 "절망은 늘 고독과 함께한다"라고 말했나 봅니다.

이를 극복하려면 어떻게 해야 할까요? 함께해야 합니다. 그러나 인간은 계속해서 안아주고 손을 잡으면서 함께하지는 못합니다. 처음 한두 번은 함께해주겠지요. 그러나 그 이상이 되면 아마도 울고 있는 내 근처에 아무도 오지 않을 것입니다.

100명의 인디언이 버펄로를 구석에 몰아서 창을 던집니다. 이

시작은 귀를 기울이는 것부터

버펄로는 3~4개의 창을 맞고 죽고 말지요. 인디언들은 버펄로를 똑같이 나눠 함께 먹었습니다. 그런데 그중 가장 용맹하고 사냥을 잘하는 인디언이 이렇게 말합니다.

"내가 맞췄는데 왜 나눠 먹어야 하느냐? 이제부터는 창에 이름을 써서 맞춘 사람이 버펄로를 차지하는 걸로 하자."

인디언들은 이 말에 일리가 있다고 생각해서 창을 맞춰서 버펄로를 죽인 사람이 모두 차지할 수 있도록 결정했습니다. 그런데 문제가 생겼습니다. 창을 맞춘 사람만 버펄로를 차지해서 먹다 보니 굶는 사람이 생겼기 때문입니다. 먹지 못하니 힘이 없어서 사냥할 때 버펄로를 구석으로 몰 수도 없었습니다. 또한 버펄로를 맞춘 사람만이 버펄로를 차지하니 누구도 구석으로 모는 일을 하지 않습니다. 무조건 창을 던지기만 하니 허탕 칠 수밖에 없었지요.

우리의 삶 안에서 필요 없는 사람은 없다는 것을 보여주는 이야기가 아닐까요? 모두가 나를 위해 필요한 존재임을 기억하면서 사랑을 베푸는 오늘이 되길 바랍니다.

기적입니다 사람이

꽃들이 향기를 주듯, 새들이 노래를 부르듯
너 자신의 가장 좋은 면을 세상에 주어라. 그게 진짜 사랑이니까.

에두아르도 하우레기, 영국의 작가

제가 아는 어떤 부부는 오랫동안 아기를 가지려고 노력했지만, 좀처럼 아기가 생기지 않아서 마음고생이 심했습니다. 하지만 열심히 기도한 덕분인지 드디어 원하던 아기를 갖게 되었지요. 이 부부의 기쁨은 말로 표현하지 못할 정도로 컸습니다. 이 부부가 제게 이런 말을 해주더군요.

"신부님, 이 세상에 생명이 태어난 것 그 자체가 기적이라는 사실을 이제야 깨달았어요."

처음에는 결혼과 동시에 쉽게 아기를 가질 수 있다고 생각했습니다. 그러나 오랜 시간 정성을 기울이고 또 마음고생을 심하게 하고 나니 아기가 마음대로 얻을 수 있는 게 아님을, 커다란 기적이 이루어지지 않고서는 불가능하다는 사실을 깨달은 것입니다.

우리는 모두 이렇게 기적의 손길을 통해서 이 땅에 태어났습니다. 그런데 삶을 당연히 주어지는 것으로 생각하면서, 자기 자신을 셀 수 없이 많은 모래알 가운데 하나처럼 별 볼 일 없는 존재로 여겼던 것은 아닐까요? 자신의 존재가 기적임을 믿는다면, 세상 모든 것이 기적 아닌 것이 없음을 깨닫게 됩니다. 자신 이외의 것들을 함부로 대하면 안 되고, 무엇보다 자신을 사랑해야 하는 이유도 바로 거기에 있습니다.

성경에서 가장 많이 나오는 문장이 "두려워 마라"라고 하더군요. 이 문장을 누가 직접 세보았는지 모르겠지만, 어떤 책에서 보니 자그마치 365회가 나온다는 것입니다. 이는 곧 매일매일 두려워하지 말라는 주님의 메시지가 아닐까 싶습니다. 하지만 주님의 손길이 없다고 생각하는 순간, 두려움이 엄습하며 포기와 절망 속에서 쉽게 빠져나오지 못하게 됩니다.

장 지오노의 소설로 유명한 『나무를 심은 사람』에서, 주인공 엘제아르 부피에는 헌신적 노력으로 자신이 거둔 '성공'을 보여줍니다. 이는 누구나 거룩해질 수 있다는 점을 가르쳐줍니다. 농부인 자기와 마찬가지로 스스로를 보잘것없는 사람이라고 생각하는 어떤 사람에게도 고결하고 거룩한 생각을 품고 굽힘 없이 목표를 추구해가면 기적 같은 일을 만들어낼 수 있다는 '희망'을 심어줍니다.

경제적으로 너무 힘들었던 두 형제님이 있었습니다. 취업도 되지 않고 그러다 보니 집에 남아 있는 식량도 떨어진 상황입니다. 일을 찾아 빵 하나씩을 손에 들고 집을 떠났습니다. 그리고 인력시장에서 채용되기를 바라면서 빵으로 허기를 달래며 기다렸지요. 그러나 자신을 고용할 사람은 나타나지 않고, 동네의 개 한 마리가 다가오더니 배가 고픈지 빵을 보면서 꼬리를 칩니다.

이러한 상황이 여러분에게 주어졌다면 어떻게 하시겠습니까? "사람 먹을 빵도 없는데 개한테 줄 빵이 어디 있어?"라고 하겠습니까? 아니면 "너도 배가 고프구나. 그래 우리 같이 나눠 먹자"라고 말하겠습니까? 아마 대부분이 전자의 모습을 취하지 않을까 싶습니다. '내 코가 석 자'라고 말하면서 말이지요. 사랑도 내가 안정되어야 할 수 있다고 말합니다.

앞서 이야기했던 두 형제님 중의 한 형제님도 이랬지요. 개를 발로 차서 쫓았던 것입니다. 하지만 다른 형제님은 자신의 처지와 별반 달라 보이지 않는 그 개에게 자신이 먹을 빵을 나누어주면서 쓰다듬어주기까지 했습니다. 이 모습을 본 개를 쫓았던 형제님은 네 앞가림이나 잘하라면서 한심하다는 듯 쳐다보았습니다.

그런데 이 개가 어떤 동네 부잣집에서 키우는 반려견이었던 것입니다. 닫히지 않은 문틈을 비집고 세상 구경을 나왔던 것이지요. 때마침 개를 찾으러 나왔던 주인이 멀찍이서 자신이 키우는 개에게 빵을 나누어주는 사람을 보게 되었습니다. 그리고 빵을 나누어주는 사람이 그때그때 일을 찾아 날품을 파는 행색이 초라한 사람이었다는 점에 감동했습니다. 빵을 나누어주었던 형제님은 그 집에 초대를 받아 주인에게 격려금을 받고 일자리도 얻어 안정적으로 일하게 되었습니다.

사랑을 실천하는 일에는 어떤 조건이 있을 수 없습니다. 그러나 이 이야기는 사랑에도 어떤 식으로든 기쁨이 따른다는 점을 비유적으로 알려줍니다. 떠돌이 개처럼 보였을 개에게 빵 한 조각을 떼어준 그 사람도 어떤 대가를 염두에 둔 것은 아니었습니다. 설령 개 주인을 만나지 않았더라도 충만한 마음으로 그날의 노동에 임했을 것입니다.

우리의 일반적인 모습은 어떨까요? 많은 이가 자신이 원하는 것을 다 채운 뒤에 여유가 생겨야 남이 원하는 것을 주겠다고 말합니다. 이 순간 그저 말로만 남을 뿐입니다. 과연 행동이 따라줄 것인가는 모를 일입니다. 하지만 한 가지 분명히 알 수 있는 것은 말에서만 멈춘다면, 자신이 원하는 행동은 영원히 채워지지 않는다는 점입니다.

지혜로운 사람은 자신의 부족함을 견디며 사랑을 실천하는 사람입니다. 개에게 빵을 나누어주었던 사람에게 일어난 일이 기적이라고까지 할 수 있을지 모르겠습니다. 그러나 새삼 느끼는 것이지만, 진짜 기적은 언제나 사람을 통해 일어나는 것 같습니다.

행
복
의
잣
대

가지지 못한 것에 대한 욕망으로 가지고 있는 것을 망치지 마라.
지금 가진 것이 한때는 간절히 바랐던 것이었음을 기억하라.

에피쿠로스, 헬레니즘 시대의 그리스 철학자

사람들은 성공한 사람에 대해 관심이 많습니다. 그런데 그 성공이
란 게 어떤 것일까요? 대부분 돈을 많이 벌었거나, 어떤 특별한 분
야에서 일인자가 되었을 때, 아니면 사람들이 오를 수 없는 높은
자리를 차지한 것을 두고 성공이라고 말합니다. 이 기준에 맞춰서
저를 비교해봅니다.

　제 통장에는 그리 많은 돈이 없습니다. 매스컴을 통해서 누가
부동산이나 주식으로 몇억을 벌었다는 이야기를 들으면 정말로
다른 나라 이야기처럼 들립니다. 돈을 기준으로 따진다면 저는 실
패한 사람입니다. 그렇다면 제가 몸담은 곳에서 일인자라고 할 수
있을까요? 그것도 아닙니다. 최고의 신부라고 말할 수 없기 때문

시
작
은
귀
를
기
울
이
는
것
부
터

165

입니다. 말을 그렇게 잘하는 것도 아니고, 글을 아주 잘 쓰는 것도 아닙니다. 이 기준에서도 저는 실패자입니다. 사람들이 오를 수 없는 높은 명예를 가진 것도 아닙니다. 물론 많은 분이 제게 과분한 사랑을 주시지만, 이 역시 제가 높은 지위에 있기 때문이 아닙니다. 주님을 따르는 사제로 살기 때문이지요. 이 분야에서도 세상의 기준으로 보면 저는 실패자입니다.

하지만 자신 있게 말할 수 있는 것은 있습니다. 세상의 기준으로 성공한 사람은 아니지만, 행복한 사람이라는 것이지요. 제가 기준으로 삼는 행복은 세상 안에서 성공이 아니라, 현재의 삶에 대한 만족이기 때문입니다. 기도와 묵상을 하고, 미사를 봉헌하고, 글과 강의를 하는 것 등 모두가 부족하지만 그대로 이 안에서 만족하며, 매일 아침 어떤 좋은 사람들과 어떤 좋은 일이 있을지를 기대하기 때문입니다. 누군가가 이런 말을 남겼습니다.

"행복이란 자기가 좋아하는 일을 하는 것이 아니라, 자기가 하는 일을 좋아하는 것이다."

이 말에 깊게 공감합니다. 솔직히 많은 이가 자기가 좋아하는 일을 하지 못한다고 해서 불행하다고 말합니다. 어쩔 수 없이 하는 일이 행복할 수 없는 것은 당연하지요. 그러나 그보다는 자기가 하는 일에 대한 자존감이 떨어지기 때문은 아니었을까요? '좋아하는 일'을 하는 것은 조건을 말하지만, 자기가 하는 일을 '좋아하는 것'은 태도나 자세를 말합니다. 좋아하는 일을 하는 사람이 그 일을 그만두면 불행해지지만, 자기가 하는 일을 좋아하는 사람은 어떤 일을 해도 행복합니다. 일을 대하는 태도와 자세가 갖춰졌기 때문이지요.

종종 어른들이 아이들에게 이런 질문을 던집니다.

"너 커서 뭐가 될래?"

그런데 사람들이 당황스러울 만한 답을 하는 아이를 본 적이 있습니다. 그 답은 '실업자'였습니다. 아이가 실업자의 뜻을 모른다고 생각해 뜻이 무엇인지 아냐고 물었습니다. 아이는 "일하지 않고 놀고먹는 사람이잖아요"라고 답변하더군요. 그냥 아무것도 하지 않고 놀고먹는 것이 행복하다고 누구도 생각하지 않습니다. 하지만 아이는 그냥 어떤 일도 하지 않는 것을 행복이라고 생각하나 봅니다.

사실 무엇이 되려고 한다면 그 이유가 명확해야 합니다. 만약 장래 희망이 '신부님'이라면, 막연하게 신부가 되겠다고 하기보다 왜 신부가 되려는지 분명히 알아야 합니다. 그러나 그 이유를 생각하지 않고 막연하게 편하고 쉬운 것만을 선택하려는 경우가 많습니다. 어른들이 그런 모습을 보여주었기 때문에 아이들 역시 그런 태도를 갖는 것입니다.

제 형님이 지인의 아이 돌잔치에 갔던 이야기를 해줍니다. 돌잡이 순서 때였습니다. 사회자는 아이 아빠에게 돌잡이 물건 중에서 어떤 것을 아이가 잡기 원하느냐고 물었지요. 그러자 조금의 망설임도 없이 '돈'이라고 대답했습니다. 이번에는 아이 엄마에게 물었습니다. 아이 엄마 역시 망설이지 않고 '돈'이라고 답했다고 합니다. 그렇다면 아이는 무엇을 잡았을까요? 망설이지 않고 '돈'을 잡았답니다. 엄마 아빠의 바람이 아이에게 전달되었나 봅니다. 그런데 돈이 행복한 미래를 결정해주지는 않습니다. 주변을 둘러보면 금방 알 수 있습니다. 돈이 많아 행복한 분들도 있겠지만, 그렇지 못한 분들도 많다는 것을요. 돈은 결코 행복을 가늠할 수 있는 잣대가 아닙니다.

우리는 행복을 어디에서 찾을까요? 세상의 기준을 내세우는 곳에서 찾고 있지 않습니까? 그곳에 행복은 없습니다. 다만 자신의 욕망이 투영된 '가짜 행복'이 있을 뿐입니다. 행복은 무엇보다 자신의 기준을 만들고 기쁘게 실천하는 가운데에 있습니다. 이 행복을 찾는 오늘이 되어보면 어떨까요? 커다란 기대와 희망이 생기지 않습니까?

당신이 원하는 모든 것은 두려움 저편에 존재한다.

잭 캔필드, 미국의 작가

학창 시절에 제일 자신 있는 과목은 수학이었습니다. 남들은 어렵다고 하지만 이상하게도 수학은 아주 재미있었고 오히려 어려운 문제를 푸는 것이 즐거웠습니다. 그런데 시험을 끔찍할 정도로 망친 것입니다. 시간 조절을 잘못해서 큰 배점이 걸려 있는 문제 몇 개를 아예 풀지 못했기 때문이지요. 세상이 완전히 끝난 기분이었습니다. 유일하게 자신 있는 과목을 망쳐버렸으니까요.

　그렇다면 당시에 느꼈던 그 기분이 지금까지 계속될까요? 그리고 지금까지 영향을 미치고 있을까요? 물론 아닙니다. 기억도 나지 않을 정도로 먼 옛날의 추억이 되고 말았습니다.

　실패의 상처는 시간이 지나면 별것 아닌 것으로 여겨집니다.

이는 지금 겪는 아픔이나 상처가 먼 미래에도 계속되지 않는다는 것을 말해줍니다. 오랜 시간이 지나면 그저 후일담으로 남을 일들입니다. 결국 시간의 안개 속에 희미해지고, 어떤 기억은 생생한 이야기로 남아 세월과 더불어 빛을 발합니다. 인생의 이야기로 남는 것이지요.

아픔이나 상처 자체가 무조건 하나의 이야기가 되지는 않습니다. 이를 극복해가는 과정이 이야기를 만들어줍니다. 아픔이나 상처를 피하기만 하면 어떨까요? 나중에 입으로 꺼내고 싶지 않은 민망한 기억으로만 남겠지요. 그러나 정면으로 맞서서 각고의 노력 끝에 결국 이겨냈다면, 훗날 자랑스러운 이야기가 됩니다. 그리고 이러한 이야기를 가진 사람은 현재를 행복하게 살아가는 힘이 있습니다.

어렸을 때 부모님 심부름을 하러 갔다가 동네 개에 물렸던 기억이 있습니다. 당시만 해도 개를 풀어 키우는 집이 많았기 때문에 사람들이 심심찮게 개에 물리곤 했습니다. 그런데 이 기억이 개만 보면 뒷걸음치는 트라우마를 만들었습니다. 또다시 개에 물리지 않을까 하는 두려움 때문입니다. 그렇다면 성인이 된 지금까지 그 두려움이 있을까요?

지금은 그렇지 않습니다. 개에 대한 두려움이 전혀 남아 있지 않습니다. 오히려 개만 보면 손을 내밀고 쓰다듬으며 친해지려는 여유까지 생겼습니다. 어렸을 때 생긴 두려움이 어떻게 사라진 것일까요? 아마도 주변에 개들이 많았고 이 환경을 애써 거부하지 않았기 때문이 아닐까 싶습니다. 언젠가부터는 자연스럽게 집에서 개를 키우기도 했습니다. 이렇게 개에 대한 두려움이 친밀한 감정으로까지 발전했습니다.

제일 좋아했던 과목인 수학조차 낙제에 가까운 점수를 받았던 최악의 상황에서, 또는 개에 물려 생겼던 트라우마까지 벗어날 수 있었던 건 이를 거부하지 않고 받아들이려는 노력 때문이었습니다. 상황을 인정하고 받아들이는 노력이 바로 사랑의 시작입니다. 사랑이 두려움을 극복시키고, 친밀한 감정으로 변화시키고, 마침내 주어진 상황과 자신을 변화시켰던 겁니다. 그게 바로 사랑의 힘입니다.

아주 극한의 상황에서 사랑의 힘을 보여주는 경우를 우리는 종종 목격하게 됩니다. 두려움이 가득한 상황에서도 자녀를 구하려고 자신을 희생하는 부모의 헌신적 사랑을 보기도 하고, 모르는 사람인데도 자신을 희생하면서까지 돕는 영웅적 사랑도 봅니다. 그 밖에도 우리는 자주 두려움을 극복하는 사랑을 듣고 또 실제로 보기도 합니다. 그것이 우리가 세상에 긍정할 수밖에 없는 이유입니다.

모든 사랑에는 왕도가 없습니다

자기에게 이로울 때만 남에게 친절하고 어질게 대하지 말라.
지혜로운 사람은 이해관계를 떠나서
누구에게나 친절하고 어진 마음으로 대한다.
왜냐하면 어진 마음 자체가 나에게 따스한 체온이 되기 때문이다.

파스칼, 17세기 프랑스의 수학자이자 철학자

신학생 시절에 후배들이 참 잘 따르는 선배님이 있었습니다. 이 선배님은 후배들에게 자주 밥을 사주었지요. 신학생이라 여유가 있는 것도 아닌데, 늘 본인이 밥값을 냈습니다. 제가 물어보았습니다. 왜 늘 밥값을 본인만 내느냐고 말이지요. 그러자 이렇게 말합니다. "너희도 후배들에게 많이 베풀라고 이렇게 하는 거야."

이렇게 많이 베푸니 늘 후배들이 이 선배님을 잘 따랐습니다. 지금도 사제로 살아가면서 참으로 많은 것을 베풀면서 사는 선배 신부님의 모습을 봅니다. 그런데 베풀기만 한다고 손해를 보는 것이 아니었습니다. 그 습관화된 베풂으로 인해 선배 신부님은 많은 사람의 존경과 사랑을 받으면서 행복한 사제생활을 합니다.

자신이 행복해지고 싶다면 다른 사람들을 행복하게 하면 됩니다. 자신이 사랑받고 싶다면 사랑을 주면 됩니다. 기쁨을 원한다면 다른 사람을 기쁘게 해야 하고, 용서를 원한다면 먼저 용서하면 됩니다. 또한 세상의 평화를 바란다면 우리 주변 안에서 평화를 만들면 됩니다.

그렇다면 다른 사람에게 행복을 주지 못하는 사람, 다른 사람을 미워하는 사람, 다른 사람에게 절망과 슬픔을 주는 사람, 다른 사람을 판단하고 단죄하는 사람, 다른 사람과 끊임없이 다투는 사람들…. 이 사람들은 결국 어떤 사람일까요? 행복하지도, 사랑을 간직하지도, 기쁘지도, 용서받지도, 평화롭지도 못한 불쌍한 사람이라고 할 수 있지 않을까요? 그리고 자신의 상처는 영원히 치유되지 못할 것입니다. 사랑을 받고자 한다면 사랑해야 하고, 행복해지고 싶다면 행복을 줘야 하며, 평화를 원한다면 평화를 펼칠 수 있는 우리가 되어야 합니다.

잘 아는 신부가 전화하는 소리를 우연히 듣게 되었습니다. 그런데 그 대화가 너무 이상했습니다. 개인적인 통화라서 귀담아듣지는 않았지만, 분명히 전화기 건너편의 목소리는 젊은 여성의 목소리였고, 이 여성과 10분 넘게 통화하면서 마지막으로 한 말은 충격적이었습니다. 글쎄 "그래, 나도 사랑해"라고 말했거든요. 순간 저는 여러 가지 생각을 할 수밖에 없었습니다.

'혹시 여자 친구가 생긴 것일까? 혹시 사제직을 그만두려고 하는 것이 아닐까?'

젊은 여성과 길게 통화하고, 여기에 사랑한다고까지 말하니 어떻게 아무렇지 않게 생각할 수 있겠습니까? 한참을 망설이다 어렵게 이 신부에게 말했습니다.

"너 혹시 고민 있니?"

그러자 "아니 없는데?"라고 아무렇지도 않게 말합니다. 그래서 이번에는 "혹시 여자 생겼니?"라고 물었습니다. 이에 "무슨 말이야? 그런 소문이 있어? 영광인데? 이 얼굴에도 무슨 스캔들이 났나 봐?"라고 별것 아닌 것처럼 말합니다. 저는 심각한 모습을 지으면서 다시 물었습니다.

"미안하지만 방금 네 전화 통화를 들었거든. 그런데 어떤 젊은 여성과 오랫동안 통화하고 있더라. 그런데 전화를 마치면서 '사랑해'라고도 했잖아."

이 신부는 박장대소하며 이렇게 말합니다.

"내 동생이야. 그런데 동생에게는 사랑한다고 말하면 안 돼?"

솔직히 저도 그렇지만, 제 주위를 돌아보면 가족끼리 사랑을 자주 말하고 전화 통화도 이렇게 오래 하는 경우를 보기가 참 힘듭니다. 그래서 이 신부의 전화 받는 모습이 생소했고, 그 때문에 살짝 오해했던 것입니다. 사실 좋아하는 이성을 대하듯이 가족에게 다정다감한 말과 사랑을 표현하는 것은 잘못이 아닙니다. 오히려 그런 말을 하지 않는 것이 잘못이지요.

사랑하는 것은 당연합니다. 사랑을 어색하게 생각해서는 안 됩니다. 당연히 사랑하고, 당연히 이 사랑을 표현해야 합니다.

지속 가능한 사랑

> 최적의 배우자는 모든 취향을 공유하는 사람이 아니다.
> 의견 충돌과 차이를 조율할 줄 아는 사람이다.
> 우리는 서로의 차이에 끌렸으니까.
>
> 알랭 드 보통, 스위스 출신의 소설가

사랑하는 사람이 이렇게 바뀌었으면 좋겠고, 또는 이렇게 노력해 줬으면 좋겠다는 말을 종종 듣습니다. 예를 들면, 남편들은 아내를 향해 '제발 잔소리 좀 하지 않았으면 좋겠다. 집안일에 좀 충실했으면 좋겠다. 부모님께 잘했으면 좋겠다' 같은 말을 합니다. 반면 아내들이 남편을 향해서는 '술, 담배 좀 하지 않았으면 좋겠다. 집안일 좀 도와주었으면 좋겠다. 아이들과 놀아줬으면 좋겠다' 같은 말을 합니다. 그런데 그 사랑하는 사람이 변하던가요? 이야기를 꺼내기만 하면 그저 잔소리로만 여기고, 애초에 불가능한 요구를 하는 것처럼 생각합니다. 청개구리 심보를 가지고 있어서 일부러 내 생각과 반대로 행동하는 것이 아닐까 싶기도 하지요.

이러한 상태에 이르게 되면 사랑에 대한 의심을 품게 되지요. 자신이 선택했던 사랑인데도, '이건 처음부터 잘못된 만남이었어. 눈에 콩깍지가 씌어 속은 거라니까'라고 생각하게 됩니다. 그런데 사람이 변한다는 것이 절대로 쉽지 않다는 사실을 잊어버린 것은 아니었을까요?

진정으로 사랑한다면 그 사람의 변화를 위해 나 자신이 해야 할 일을 먼저 찾아야 합니다. 무조건 바꾸라고 할 것이 아니라, 바꿀 수 있도록 할 수 있는 나의 노력이 무엇인지를 알아야 하지요. 이것이 스스로 선택한 사랑에 대한 책임이기도 합니다. 그러니 일차적으로 상대방의 지금 모습을 인정해야 합니다.

유리컵과 종이컵이 서로 사랑하게 되었습니다. 그런데 시간이 지날수록 유리컵은 종이컵과의 사랑이 오래갈 수 없을 것만 같습니다. 종이컵에 혹시라도 물이 담기면 쓰레기통에 버려질 것 같아서 아무것도 담지 말라고 합니다. 또한 자신처럼 강도를 높이라고 요구합니다. 과연 가능할까요? 반면 종이컵은 유리컵이 걱정입니다. 테이블 같은 곳에서 떨어져도 종이컵은 온전하지만, 유리컵은 박살이 나기 때문입니다.

서로 사랑할 때라고 해도 상대방의 모든 점이 다 좋지는 않습니다. 마음에 들지 않는 한두 가지는 꼭 있기 마련이지요. 그런데 "이것 하나 빼고는 다 괜찮아"라고 말하곤 합니다. '이것 하나'가

어쩌면 가장 크고 중요할 수도 있는데도 나머지를 바라보면서 "다 괜찮아"라고 말합니다. 사랑하기 때문에 나쁜 이유보다 좋은 이유가 더 많이 보이기 때문이지요. 그리고 이 나머지들을 바라보기 때문에 계속해서 사랑하면서 살아갈 수 있습니다.

하지만 다툼과 갈등이 생기면서 미움의 감정이 커질 때는 어떨까요? 마음에 들지 않는 한두 가지가 왜 이렇게 크게 보이는지 모릅니다. 그래서 "이것 때문에 도저히 못 살겠어"라고 말하게 됩니다. "다 괜찮아"라고 말했던 것들은 전혀 보이지 않습니다. 더 나아가 괜찮았던 부분도 괜찮지 않은 것처럼 보이게 됩니다. 바로 미움의 감정이 사랑의 감정을 집어삼켜서 사랑이 사라졌기 때문입니다.

무엇을 바라보느냐에 따라 사랑하며 살지, 아니면 미워하며 살지 결정됩니다.

어느 형제님이 인터넷에서 공감이 가는 글을 하나 보았다고 이야기해줍니다. 그 내용은 이렇습니다.

남자가 살다가 너무 힘이 들 때면 지갑에 있는 와이프 사진을 꺼내 본다. 그리고 이렇게 생각한다. '내가 이 사람과도 사는데, 이 세상에 못 할 일이 어디 있겠나?'

자신의 심정을 잘 말해주는 글인 것 같아서, 아내에게 보여줍니다. 사랑하는 아내이지만, 함께 사는 것이 쉽지 않음을 알아주었으면 하는 마음에서였지요. 이 글에 대한 아내의 반응은 이러했습니다.

"어? 나랑 똑같네. 나도 힘들면 당신 생각을 해. 내가 어쩌다 이렇게 철없는 남자를 다 데리고 사나…."

나만 그렇지 않았던 것입니다. 나와 마찬가지로 아내 역시 힘들었던 것이지요. 그런데 많은 이가 나만 힘들다고, 나만 억울하게 산다고 생각하는 것 같습니다.

사실 남과 남이 만나 한 가정을 이루면서 어떻게 다툼 한 번 없이 살 수 있을까요? 어떻게 모든 점에서 만족하며 살 수 있겠습니까? 그런데 다툼이나 분쟁 자체가 중요한 것이 아닙니다. 다투지 않고 사는 것 자체는 중요하지 않습니다. 그보다 왜 이런 다툼과 분쟁이 일어났는지를 알 수 있어야 하며, 어떻게 이 문제를 현명하게 해결할 것인가에 대한 고민이 더 필요합니다.

우리는 어느 자리에서건 가정의 중요성을 강조하는 데 익숙합니다. 가정 안에서도 사랑을 실천하지 못하는 사람이 내가 알지 못하는 사람을 사랑할 수 있다는 것은 말도 안 되기 때문입니다. 즉 가정 안에서부터 진정한 사랑이 이루어지지 않는다면, 타인에 대한 사랑은 완성될 수 없습니다.

어린이들은 어른들에 비해 훨씬 열린 마음을 갖고 있습니다. 서로 전혀 모르는 사이인데도 얼마 지나지 않아 오랜 친구처럼 스스럼이 없고 사이좋게 놉니다. 상대의 문제점을 찾는 데 힘을 쏟아붓는 것이 아니라, 함께하는 이 순간에 충실하기 때문입니다. 이것이 바로 열린 마음입니다. 그렇다면 우리는 이 열린 마음으로 배우자를, 자녀를 또 부모님을 맞이하고 있습니까? 그리고 이런 열린 마음으로 내 이웃에게 사랑을 주고 있을까요?

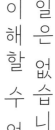

이해할 수 없는 일은 없습니다

어느 경우든 처음부터 마지막까지, 사랑이란 돌보는 것이다.
상대를 돌보고 관계를 돌보며 또한 자신을 돌보는 것.

미셸 퓌에슈, 프랑스 소르본 대학의 철학 교수

시작은 귀를 기울이는 것부터

사랑하는 사람을 만나면 먼저 어떤 기대감을 갖게 됩니다. 자신이 그 사람에게 특별했으면 좋겠다고 생각하고, 나의 불완전한 면을 채워줄 수 있기를 기대합니다. 그런데 이런 기대를 채워주는 상대 방은 그리 많지 않습니다. 그 결과 기대가 실망이 되고, 실망한 만 큼 미움과 원망을 갖게 됩니다. 결국 실망과 미움 또는 원망이 상 대나 나에게 상처를 주는 감정으로 작용하기도 합니다. 이렇게 내 게 상처를 주는 사람은 주로 가깝다고 생각했던 사람이었습니다. 그런데 더 근본적으로 들어가보면 이처럼 마음 아픈 상처를 주는 말들은 나 자신의 입장에서 바라보는 기대감에서 비롯되는 건 아 닐까요?

"어떻게 내게 그럴 수 있어?"라는 원망에서 나오는 말은 기대감을 잃었을 때 나오는 목소리입니다. 이는 모든 것을 내주었다고 생각하는 자녀들과의 관계에서도 비슷하게 나옵니다. 부모 뜻대로 살지 않고 오히려 부모의 뜻과 반대로 살아가면, "내가 너를 어떻게 키웠는데 그럴 수 있어?"라고 말하지요. 이 역시 기대감 때문입니다. 입으로는 사랑을 말하지만, 욕심이 담긴 기대감을 가진 것입니다.

상대방이 원하지 않는 것을 강요한다면, 진정한 사랑이라고 할 수 없습니다. 그냥 상대방을 내 마음대로 휘두르려는 이기적 욕심일 뿐입니다. 사실 내 뜻대로 할 수 있는 사람은 세상 어디에도 없습니다. 욕심이 들어 있다면 그 감정을 사랑이라 말할 수 없습니다.

사랑한다는 것은 상대방을 완벽하게 이해하지 못해도 가능합니다. 있는 그대로 상대방을 아무 조건 없이 받아들일 수만 있으면, 우리는 충분히 사랑할 수 있습니다.

"나는 도저히 이해할 수 없어."

이 말의 속뜻은 '나는 절대로 이해하지 않겠다'는 말이 아닐까요. 상대방이 정말로 이해할 수 없는 행동을 한다면서 이런 말을 하지만, 사실 어떤 마음을 품느냐에 따라서 이해하지 못할 일은 없기 때문입니다.

갓난아기의 행동이나 말을 이해하지 않는 사람이 있을까요? 아무 때나 대소변을 보고, 별것도 아닌 것에 툭하면 울어 재끼는 모습, 말도 제대로 못하고 잘 걷지도 못한다고 해서 갓난아기에게 "나는 도저히 이해할 수 없어"라고 말하지 않습니다. 아기가 자기를 이해해달라고 정중하게 요청하지 않았음에도 우리는 오히려 웃으면서 갓난아기를 이해하려고 노력합니다. 사랑하기 때문입니다. 즉 사랑만 있다면 이해하지 못할 것은 하나도 없음을 깨닫게 됩니다.

누군가를 이해하기 힘들 때, 먼저 사랑의 눈으로 바라볼 수 있는 지혜가 필요합니다. 사랑의 눈으로 바라보지 않는다면, 그 어떤 말과 행동도 이해할 수 없게 됩니다.

우리가 있기에 '내'가 있습니다

빨리 가고 싶으면 혼자 가라.
그러나 멀리 가고 싶으면 함께 가라.

아프리카 속담

아프리카 원주민의 생활을 연구하던 인류학자가 있었습니다. 어느 날 그는 원주민 아이들에게 놀이를 가르쳐주었습니다. 사탕 바구니를 나무에 매달아 놓고 제일 먼저 도착한 아이에게 전부 주겠다고 말했지요. 아이들은 좋아하면서 모두가 출발선에 서서는 나무에 매달아 놓은 사탕 바구니만을 바라보고 있었습니다. 드디어 인류학자는 출발 신호를 보냈습니다. 아이들은 어떻게 했을까요? 힘차게 뛰었을까요?

힘차게 뛰리라 예상했지만, 아이들은 사탕 바구니가 걸려 있는 나무를 향해 갔을 뿐 전력질주는 하지 않았습니다. 사탕 바구니가 걸려 있는 나무가 가까워지자 오히려 손을 잡고서 함께 가는 것입니다. 결국 모두 동시에 도착했고, 모두가 둥글게 원을 그리고 앉아 행복하게 사탕을 나누어 먹었습니다. 인류학자는 물었습니다. 혼자 1등을 차지하면 더 많은 사탕을 먹을 수 있는데 왜 함께 갔느냐고 말이지요. 그러자 한 아이가 그렇게 하는 것이 당연하다는 표정을 지으면서 이렇게 말합니다.

"다른 아이들이 슬퍼하는데 어떻게 혼자 행복할 수 있어요?"

이 말에 큰 충격을 받습니다. 정말로 그렇지 않습니까? 그런데 우리는 1등이 모든 것을 차지하는, 이른바 승자독식을 너무 당연하다고 생각할 때가 많습니다. 각종 운동경기를 생각해보십시오. 우리 선수들이 이기는 것에만 관심을 갖고 응원하지요. 승리하지 못해서 슬퍼하는 다른 선수에 대해선 조금도 관심을 기울이지 않습니다.

이처럼 우리는 다른 이의 슬픔을 외면할 때가 참으로 많습니다. 그리고 나만 행복하면 그만이라고, 좀 더 나아가면 나와 연관된 사람의 행복만 생각하지요. 남들의 슬픔과 아픔은 그들이 잘못했기 때문이라고 간단히 평가하고 또 당연한 것처럼 말하기도 합니다. 그런데 가장 중요한 한 가지를 잊은 것 같습니다. "우리가 있기에 '내'가 있다"는 점입니다.

얼마 전 어떤 신부님과 함께 카페에 들어간 일이 있었습니다. 우리 둘은 창가에 앉았고, 제가 커피를 주문하기 위해서 카페 카

운터로 갔습니다. 주문을 마치고 자리로 돌아오는데 함께 있었던 신부님이 테이블 아래 주저앉아 무엇인가를 하는 것입니다. 글쎄 테이블을 고치고 있었습니다. 테이블이 제대로 고정되어 있지 않아서 흔들렸나 봅니다. 저는 테이블에 이상이 있으면 다른 곳에 앉으면 되지 않느냐고 물었습니다.

"이렇게 하면 다음 사람도 안심하고 이곳에 앉을 수 있잖아요."

작고 사소한 행동이었지만 제게는 작은 감동이었습니다. 솔직히 내 것도 아닌데 그렇게까지 고치려고 하는 사람은 거의 없습니다. 자기 돈 내고 이용하는 곳에서 그 불편함을 스스로 고칠 만큼 정성을 들이는 사람을 보기란 참 쉽지 않습니다. 하지만 이 신부님은 자기 가방에 있는 도구를 이용해서 나사못을 죄어 놓았습니다. 내 것과 남의 것이라는 구분도, 내 일과 남의 일이라는 구분도 없는 것 같았습니다. 이렇게 구분이 없다 보니 주변의 모든 불편한 일이 자기 것이고, 자기 일이 되는 것이겠지요.

이런 분을 가리켜 어떤 사람들은 '참 오지랖도 넓다'라고 빈정거리기도 합니다. 자기 일도 아닌데 지나치게 간섭한다는 뜻이지요. 그러나 오지랖이 아니라 모든 것에 대한 관심과 사랑이 많은 것이 아닐까 싶습니다. 그리고 내 것과 남의 것이라는 구분, 내 일과 남의 일이라는 구분이 사라지는 이런 관심과 사랑이 세상을 바꿀 수 있습니다.

이 세상을 살아가면서 조금 더 관심과 사랑을 기울여야 합니

다. 나만 사탕을 먹겠다는 사람이라면, 절대 테이블을 고칠 생각
같은 건 하지 않을 겁니다. 사탕을 골고루 받기 위해 함께 뛰어온
그 아이들은 모두 테이블을 고쳐준 신부님 못지않은 심성을 지녔
다 해도 과언이 아닐 것입니다.

사소함의 소중함

사랑에는 많은 질문이 필요하지 않아.
사랑은 묻는 게 아니라 행동으로 보여 주는 거야.

파울로 코엘료, 브라질 출신의 소설가

19세기 중반, 오스트리아 빈 종합병원의 산부인과 의사인 이그나즈 젬멜바이스는 놀라운 발견을 합니다. 당시 산모들은 산욕열로 알려진 출산 후 발열 증세를 자주 보였습니다. 항생제가 등장하기 전이었기에 많은 산모가 이 산욕열 때문에 아기를 낳다가 죽음을 맞이했지요. 빈 종합병원만 해도 한 해 동안 3,000명의 산모 중에 600명 이상이 이 질병으로 목숨을 잃었습니다. 그 원인을 밝힌 것이 바로 의사 젬멜바이스입니다.

그 원인은 무엇이었을까요? 어이없게도 의사나 간호사들이 손을 씻지 않았기 때문입니다. 환자에게 병을 옮기는 것이 다른 누구도 아닌 의료진이었던 것이지요. 실제로 의료진이 손을 소독하기 시작하자 사망률이 20%대에서 1% 이하로 떨어졌습니다. 어떻게 보면 사소한 행동이지만 이것 하나가 생명을 죽이기도 하고 또 살리기도 했던 것입니다.

사소함의 소중함을 깨닫게 하는 또 하나의 이야기가 있습니다. 멕시코의 어느 고등학교에 성공한 졸업생이 방문했습니다. 어떻게 왔느냐는 질문에 학창 시절에 자신을 가르쳤던 선생님을 뵈러 왔다고 했습니다. 그리고 잠시 뒤에 그 선생님을 만났습니다. 선생님은 왜 자신을 찾아왔는지를 물었습니다. 그러자 이렇게 대답합니다.

"학창 시절 선생님에게 받은 소중하고 은혜로운 가르침을 평생 잊지 않겠습니다. 정말로 감사합니다."

선생님이 "내 과목 중에서 무엇이 그렇게 좋았지?"라고 묻자, "글쎄요…" 하더니 이런 말을 합니다.

"복도를 지나고 있는 저를 부른 뒤에 선생님께서는 무릎을 꿇고 풀린 신발 끈을 대신 묶어주셨습니다. 이 모습에 깊은 감동을 받아 저 또한 그렇게 살려고 지금껏 노력해오고 있습니다."

학창 시절에 인연이 닿았던 선생님 중에 지금까지 존경하는 분을 생각해보십시오. 뛰어난 언변과 실력으로 잘 가르치셨던 분이셨을까요? 아니었습니다. 늘 있는 그대로 인정해주고 칭찬을 아끼지 않으며 격려해주셨던 분들이었습니다. 눈높이를 낮춰서 대화를 많이 나눴던 분들이 우리의 마음 깊은 곳에 존경하는 스승의

시작은 귀를 기울이는 것부터

모습으로 남아 있는 것입니다.

이 세상의 삶이 모두 그렇지 않을까 싶습니다. 인생 자체가 결국 사소한 사건들로 가득 차 있으니까요. 우리가 무심결에 내뱉은 사소한 말 한마디가 다른 이에게 얼마나 많은 아픔과 상처를 줍니까? 또 아무렇지도 않게 했던 사소한 행동 하나가 다른 사람에게 얼마나 큰 도움을 주고 큰 감동을 불러일으킵니까? 조금만 더 신경 쓰고 배려하면 죽어가는 생명도 살릴 수 있습니다. 반대로 공연히 화풀이 삼아 올린 악성 댓글 하나로 인해 누군가는 상처를 받고, 심한 경우에는 스스로 생명을 버리기도 합니다.

우리는 늘 요구에 익숙해져 있으며, 문제의 해법 또한 타인에게서 나오길 바랍니다. 그리고 정작 자신은 앞에서 이야기한 의료진들처럼 손을 씻는 간단한 행동조차 간과하기 일쑤입니다. 그것이 어떤 사람에게는 생명과 직결된 심각한 문제라는 것을 모른 채 말입니다. 자신에 대한 성찰이 부족하기 때문일 것입니다. 세상을 바꾸는 힘은 심오하거나 거창한 데서 나오는 것이 아니라, 자세를 낮추고 제자의 신발 끈을 묶어주었던 선생님처럼 진심이 배어 있는 사소한 행동에서 나옵니다. 작은 실천, 그것이 중요합니다. 우리도 이처럼 세심히 주변을 살피고 주의를 기울여서 힘과 용기를 불어넣어 주는 말과 행동을 실천하면 어떨까요?

오늘을 멋지게 사는 사람은 내일도 멋지게 살 수 있다고 합니다. 하지만 내일만 멋지게 살겠다고 말하는 사람은 오늘을 망칠 수밖에 없다고 합니다. 그리고 멋지게 살겠다고 다짐한 그 내일도 형편없는 날이 됩니다. 우리에게 맡겨진 '오늘' 해야 할 일에 충실할 수 있어야 합니다. 잊지 말아야 할 것은 사소한 것부터 실천해야 한다는 사실입니다.

시작은 귀를 기울이는 것부터

본성을 이해한다는 것

어리석은 사람은 밖으로 드러나 보이는 자신의 외모를 자랑하지만,

지혜로운 사람은 본성에 더욱 신경을 쓴다.

발타사르 그라시안, 17세기 스페인의 신부이자 작가

어느 간병인이 한 할머니를 10년 넘게 자신의 어머니처럼 지극정성으로 병간호 했습니다. 할머니는 오랫동안 자신을 정성껏 돌봐준 간병인이 너무나 고마웠지요. 그래서 자신의 이름으로 된 주택한 채와 땅 중에서 땅은 자녀들에게 상속하고 주택은 간병인에게증여하라는 유언장을 남겼습니다.

할머니가 돌아가시고 유언장이 공개되자 간병인과 자녀들은모두 깜짝 놀랐습니다. 할머니의 유산이 자기들 몫이라 여겼던 자녀들은 간병인이 할머니를 꼬드겨 그런 유언장을 작성하게 했다며 소송을 제기합니다. 이 과정에서 간병인은 큰 상처를 받았다고합니다. 사실 여부에 대해 어떤 확인도 하지 않은 채, 자신을 남의

재산이나 탐내는 욕심 많은 사기꾼으로 몰아세우는 모습에서 크게 상처를 받았던 것이지요. 간병인은 할머니의 자녀들이 너무 괘씸해서 법적 대응을 할까도 생각했지만, 할머니가 좋아하지 않을 것 같아서 결국 주택을 자녀들에게 돌려주었다고 합니다. 애초에 눈곱만큼도 의도하거나 기대했던 일이 아니기도 했으니까요.

그런데 후에 듣게 된 자녀들의 말과 행동에 간병인은 더 큰 상처를 받았습니다. 마음에 켕기는 것이 있어서 재산을 포기한 것이라면서 자기들이 재빨리 소송하지 않으면 어머니 재산을 모두 날릴 뻔했다며, 10년 넘게 자신의 어머니를 보살펴준 간병인을 사기꾼 취급했습니다. 자신들이 해야 할 몫을 대신해준 간병인에 대한 고마움은 전혀 찾아볼 수 없었습니다.

이 자녀들의 모습이 현대인의 일반적인 모습이 아닐까 싶습니다. 제 몫은 물론이거니와 (자의적인 해석에 의해) 제 몫이라 여겨지는 부분이 침해당한다고 생각되면 먼저 의심하고 단죄하고 봅니다. 부모의 감사하는 마음조차 남에게 절대로 줄 수 없다고 말합니다. 할머니께서 하늘에서 이 모습을 내려다보신다면 어떤 마음이 드실까요? 당신이 할머니의 자녀였다면 어떻게 행동했을까요? 조금 어렵고 불편한 질문이겠지만, 만약 당신이 간병인이라면 또 어떻게 대처하겠습니까? 쉽게 답하기 힘들 것입니다. 다음의 우화가 들려주는 가르침으로 마음을 가다듬었으면 합니다.

어느 수행자가 길을 가다가 물에 빠진 전갈을 발견했습니다.

생명의 소중함을 잘 아는 이 수행자는 손으로 전갈을 꺼냈습니다.
그런데 이 전갈은 자신을 살려준 것에 고마움을 표시하기는커녕
손가락을 물어버립니다. 그러고는 다시 물에 빠졌습니다.

　주변에 있던 사람들은 이 수행자가 전갈을 더 이상 구하지 않
을 것이라고 생각했습니다. 하지만 그들의 예상과 달리 수행자가
다시 전갈을 손으로 꺼내는 것이 아닙니까? 그러나 이번에도 역시
물리고 말았습니다. 수행자는 아픈 손가락을 꾹 참고서 다시 전갈
을 꺼내서 땅에 내려놓았습니다.

　사람들은 은혜도 모르는 이 전갈을 왜 구했는지 묻습니다. 그
러자 이 수행자는 이렇게 말합니다.

　"전갈은 물려는 자신의 본성에 충실한 것이오. 이것을 잘못된
것이라고 말해서는 안 됩니다. 그런데 저의 본성은 죽이는 것이
아니라 살리는 것입니다. 그렇기 때문에 전갈에게 계속 물려도 계
속 살려야 했습니다."

　상대의 본성을 인정하는 이 모습을 생각해봐야 합니다. 우리는
내게 잘못하는 사람을 절대로 사랑하지 못한다고 말합니다. 사람
의 본성이 그렇게 악한 것만은 아닙니다만, 그러한 상황에 맞닥뜨
렸다면 거듭 잘못된 행동을 저지르는 것을 그 사람의 본성이라고
생각하면 안 될까요? 자신의 본성에 충실한 것이므로 그럴 수밖에
없었다고 여기는 겁니다. 그리고 나의 본성은 사랑의 실천이기 때
문에, 상대방의 행동에 상관없이 내 본성을 따르면 됩니다.

말이 생각이 되고, 생각은 행동이 되고, 행동은 습관이 되고,
습관은 가치관이 되고, 가치관은 당신의 운명이 된다.

마하트마 간디, 인도의 민족운동 지도자

책을 가장 많이 읽는 계절은 언제일까요? 따뜻한 봄일까요? 더운
여름일까요? 아니면 선선한 가을일까요? 아니면 추운 겨울일까
요? 아마 대부분 사람은 가을이라고 대답하겠지요. 왜 그럴까요?
'가을은 독서의 계절이다'라는 말이 떠오르기 때문입니다. 그런데
실제로 가을이 독서하기 좋은 계절은 아닙니다. 가을은 자연으로
나가 계절을 만끽하기에도 모자란 시간입니다. 책을 읽을 시간이
충분치 않다는 것이지요. 오히려 독서는 저녁이 길고 추워서 문밖
에 나서기가 마땅찮은 겨울과 장마와 더위로 여행이나 야외 활동
이 힘든 여름에 적합합니다. 그런데도 '가을은 독서의 계절이다'라
는 말은 왜 생겼을까요?

사실 이 카피 문구는 일본의 한 출판사에서 나왔다고 합니다. 가을에 사람들은 아름다운 계절을 만끽하려고 밖으로 나가거나 사색에 빠져 책을 잘 읽지 않았습니다. 그러다 보니 이 출판사의 가을 판매량이 급격하게 줄었고, 급기야 출판사를 닫아야 하는 상황에 몰렸습니다. 이 위기를 타개하려는 마케팅 전략이 바로 '가을은 독서의 계절이다'라는 카피 한 줄이었습니다.

이 짧은 문장의 힘은 놀라웠습니다. 사람들의 생각 자체를 바꿨으니까요. 이 점을 떠올려보니, 우리의 말 한마디가 얼마나 중요한지를 깨닫게 됩니다. 나의 말과 행동이 한 줌의 모래알처럼 미약하기 그지없는 것인 줄로만 알았는데, 경우에 따라선 이 세상과 나의 삶을 바꿀 수도 있는 엄청난 힘이 감추어져 있습니다.

말 한마디로 사람의 마음을 죽이는 일이 뭐 그리 어렵겠습니까? 예를 들어, 인정받고 싶어 하는 사람에 대해서는 철저하게 무시하면서 반대되는 말만 하면 됩니다. 상처받은 사람을 향해서는 "그깟 상처가 뭐 대수냐?"라면서 비아냥거리면 됩니다. 자존감이 낮은 사람에게는 잔뜩 주눅 들어 있는 모습을 지적하면서 "그래서 네 인생은 항상 그 모양이야"라고 조소 섞인 말을 하면 됩니다. 죽고 싶은 사람에게는 "너는 절대 죽을 수 없어. 그것도 아무나 하는 게 아냐"라는 말로 마음을 더 궁지로 몰아가면 됩니다.

세 치의 혀로 사람의 마음을 이렇게 죽일 수 있습니다. 하지만 반대로 생각하면, 세 치의 혀로 사람의 마음을 살릴 수도 있지 않을까요? 인정받고 싶어 하는 사람에게는 긍정의 말을, 상처받은 사람에게는 위로의 말을, 자존감 낮은 사람에게는 용기가 되어주는 말을, 죽고 싶어 하는 사람에게는 희망의 말을 전한다면 분명히 사람의 마음을 살리게 됩니다. 말은 이렇게 한 사람의 마음을 죽이고 살리는 커다란 역할을 합니다.

어떤 형제님의 이야기가 생각납니다. 이 형제님께서 운전하는데, 계속해서 차선을 바꾸어가며 난폭운전을 하는 차를 보게 되었습니다. 위협적인 모습을 보면서 순간적으로 화가 치밀었습니다. 그래서 그 차를 향해서 거칠게 "사고나 나라"라는 말을 던졌습니다. 그런데 정말로 사고가 났습니다.

이 형제님께서 난폭운전을 하는 차를 향해서 이런 말을 했다는 것을 누구도 알지 못합니다. 그러나 오랫동안 '내 탓'이라는 죄책감에 시달리면서, 운전할 때마다 떠올리기 싫은 기억이 되살아났습니다. 말은 상대방뿐만 아니라 나 자신에게도 이렇게 영향을 끼칩니다.

그렇다면 어떤 말과 행동을 해야 할까요? 자신의 욕심과 이기심을 채우는 말과 행동에 집중해서는 절대로 세상의 변화를 가져올 수 없습니다. 그보다는 주님께서 늘 강조하셨던 사랑에 집중한다면 어떨까요? 그 사랑이 바로 세상을 바꿀 수 있습니다. 그리고 그 사랑은 나의 말과 행동을 통해서 흘러나와야 합니다.

어쩌다 신부 神父

인생은 흘러가는 것이 아니라 채워지는 것이다.

존 러스킨, 영국의 비평가이자 사회사상가

사람들이 종종 왜 신부님이 되었느냐고 질문합니다. 이 질문에 주저 없이 하는 대답이 있습니다. 제가 과연 뭐라고 대답했을까요? '하느님의 특별한 계시를 받아서?' '하느님을 너무나도 사랑해서?' '보람 있게 살기 위해서?' '뭐 특별하게 할 것이 없어서?' 같은 대답을 염두에 둘 수도 있겠지만, 어떤 것도 저의 대답과는 다릅니다. 저는 이렇게 말하지요.

"어쩌다 보니…."

진짜로 어쩌다 보니 신부가 되어 있었습니다. 하느님을 직접 만나고 대화를 나누면서 특별한 계시를 받은 것이 아닙니다. 열심히 기도와 묵상을 했던 것 또한 아닙니다. 그렇게 모범적으로 살지도 않았습니다. 그냥 어쩌다 보니 신부가 되었습니다.

묵상 중에 이 모든 것이 주님 아니면 일어날 수 없었던 일임을 깨닫습니다. 신부가 될 수 없는 이유가 그렇게 많았음에도 이렇게 신부로 살 수 있게 된 것은 주님의 특별한 은총 없이는 불가능했습니다. 그리고 지금은 행복하게 신부의 삶을 살아가고 있습니다.

누구나 그렇듯, 삶 안에서 뜻밖의 일들은 계속 주어집니다. 내 뜻대로 돌아가는 세상이란 어쩌면 처음부터 없는지도 모르겠습니다. 당장 눈앞의 일들조차 어디로 흘러갈지 예측할 수 없는 게 우리의 삶입니다.

특별히 제 삶을 바꾸어놓은 곳이 어디였냐고 물어보면, 저는 조금의 망설임도 없이 곧바로 '신학교'라고 말합니다. 신학교에 들어가면 누구나 기숙사 생활을 해야 합니다. 많은 공부를 해야 하고, 외출을 하려면 일일이 허락받아야 하는 등, 엄격한 내규를 지키면서 공동생활을 해야 합니다.

신학교 생활을 막 시작하던 무렵에는 이러한 생활이 참으로 어려웠습니다. 특히 서울 신학교는 젊은이들이 차고 넘치는 대학로 옆에 자리 잡았기 때문에 기숙사 안에서 화려한 네온사인들과 사람들의 활기찬 모습을 지켜보아야만 합니다. 그 모습을 보면서 '내가 저기에 있어야 하는데, 여기서 지금 뭐 하고 있지?'라는 생각이 들 때가 많았습니다. 혈기왕성한 20대 초반의 청년이 외부와 단절된 생활을 하기란 쉽지 않은 일이니까요. 하지만 이렇게 단절된 생활로 인해 저는 많은 악습을 끊어버리고 삶의 근본적인 변화를 가져올 수 있었습니다.

피정이나 연수로 영성센터에 들어오시는 분들을 많이 봅니다. 그중에는 사회 일에 대한 걱정을 안고 들어오시는 분들이 있습니다. 사실 이런 분들은 충실히 프로그램에 참여하지 못합니다. 특히 자의가 아니라 타의로 들어오신 분들은 어떻게 하면 빨리 이곳에서 벗어날까만을 생각하는 것 같습니다. 이런 상태에서는 특별한 깨달음을 얻기가 힘듭니다.

이에 반해서 완벽하게 단절하겠노라고 스스로 다짐하고, 침묵과 집중으로 기도와 묵상에 임하는 분들이 있습니다. 모든 일정을 마치고 떠날 때, 이분들의 표정은 너무나 행복해 보입니다. 세상과 단절을 통해 변화해가는 자신을 발견했기 때문입니다. 그리고 그 안에서 세상이 주지 못하는 큰 기쁨과 행복을 체험했기 때문입니다.

우리 각자의 영적인 눈이 어떤지를 살펴보았으면 합니다. 크게 뜨여 있어서 어려움 없이 주님의 뜻을 따르고 실천하고 있나요? 아니면 닫혀 있어서 주님의 뜻이 보이지 않고, 실천도 힘든 것은 아닌가요? 만약 영적인 눈이 닫혀 있다면, 과감하게 세상과 단절할 수 있는 노력을 기울여야 합니다. 특별한 변화를 통해 주님 안에서 누리는 큰 기쁨과 행복을 얻게 될 것입니다.

저의 경우는 '어쩌다 보니' 신부가 되었지만, 그것은 사실 저의 의지로 이루어진 것이 아니라, 주님의 의지로 특히 주님의 사랑으로 이루어진 것입니다. 그래서 미욱한 인간의 눈으로 보게 되면, 그 모든 것이 '어쩌다 보니' 된 것처럼 보일 뿐입니다.

수용의 미덕

이 세상에서 사는 일은 삶을 있는 그대로의 무질서함으로 껴안는 일이다.
우리의 소망대로 따라 주지 않는 상황을 수용할 수 있어야 한다.

나오미 레비, 미국 최초의 여성 랍비

언젠가 인터넷에 화제가 된 사진 한 장을 보았습니다. 글쎄 교통
사고가 나서 차가 완전히 박살 나 있는 상태인데, 운전사로 보이
는 사람이 풀밭에 앉아서 기타를 치고 있었습니다. 교통사고가 나
면 대부분 망연자실하기 마련입니다. 다른 차와 충돌한 사고라면
과실의 주체가 누구인지 가리려고 언성을 높이며 실랑이를 벌이
지요. 심지어 삿대질과 욕설이 오가기도 합니다. 그런데 사진 속의
주인공은 견인차를 기다리는 시간이 지루했던지 태연자약 기타
줄을 튕기는 것입니다. 어차피 사고는 돌이킬 수 없고 인상을 써
봐야 좋을 일이 없으니, 기타로 착잡한 마음을 달래는 건지도 모
르겠습니다. 어쨌든 대체로 스트레스에 취약한 우리가 보기에는

참 대단하다고 여길 수밖에 없는 장면입니다.

　이렇게 낙천적인 사람이 행복하다고 말합니다. 실제로 행복한 것 같고, 많은 이가 부러워하는 모습이기도 합니다. 하지만 그 주위에 있는 가족이나 동료들은 그 모습에 답답해하면서 속이 터진다고 하네요. 그렇다면 반대로 세심하고 꼼꼼한 성격이라 예민하고 민감한 사람은 어떨까요? 그 주변 사람들은 조금 편할 수 있습니다. 본인 스스로 알아서 모든 것을 잘 처리하기 때문입니다. 그러나 아주 세심하고 꼼꼼한 사람 역시 피곤하게 느껴질 수밖에 없습니다.

　자, 이제 우리에겐 어떤 심성이 필요할까요? 적당하게 낙천적이고, 적당하게 꼼꼼한 것이 필요합니다. 그렇다면 적당한 것은 과연 어디까지를 말할까요? 적당하다는 건 '거시기'란 말처럼 모호합니다. 많은 사람이 동의하는 적당함의 수준을 이해한다고 하더라도, 하느님이 아닌 다음에야 그 정도를 정확하게 유지하는 것은 불가능합니다. 그런데 나의 입장이 아니라 상대방의 입장에서 바라보면 조금 더 쉽게 이해할 수 있습니다.

　한 해 전쯤, 인상 깊은 영상 하나를 보게 되었습니다. 연세 많으신 할아버지께서 횡단보도를 건너가십니다. 빠르게 걷지 못하자, 한 아주머니가 "할아버지, 제가 도와드릴게요"라면서 할아버지의 팔짱을 낍니다. 그러자 할아버지는 "괜찮다"고 말하면서 먼저 가라고 합니다. 바로 그 순간 뛰어서 횡단보도를 건너던 한 아가씨가 할아버지 옆에서 속도를 줄이고 천천히 걷습니다. 신호가 바뀌었음에도 할아버지의 발걸음 속도에 맞춰서 그냥 걸어갈 뿐입니다. 횡단보도를 무사히 건넌 할아버지는 이 아가씨를 향해 진심 어린 표정을 지으면서 "고마워요"라고 말합니다.

솔직히 이 아가씨는 그냥 걸었을 뿐이지만, 할아버지는 함께 걸어주었다는 사실만으로도 큰 감사함을 느꼈던 것이지요. 이 아가씨가 보여주었던 배려를 적당함의 기준으로 삼을 만하다고 하겠습니다. 과도하거나 상대에게 부담을 주지 않으면서도 충분한 결과를 이끌어냈으니까요. 우리 역시 이렇게 사람들을 조용히 배려하면서 살아가면 어떨까요?

성지를 찾아오신 분들 가운데 종종 불편한 사항을 제게 말해주는 분들이 있습니다.

"신부님, 화장실이 너무 좁아요. 성당이 너무 더워요. 공기가 탁해요. 성물방이 너무 좁습니다. 길이 미끄럽습니다…."

고칠 수 있는 부분은 개선하겠지만, 현실적으로 쉽지 않은 부분도 많지요. 더군다나 제가 있는 갑곶 성지의 재정 상태가 그리 좋지 않기 때문에 비용이 많이 들 수밖에 없는 사안에 대해서는 그저 "죄송합니다"라고 말씀드릴 수밖에 없습니다. 그런데 재미있는 것은 제가 갑곶 성지에 발령을 받고 처음 일을 시작할 때는 사람들의 불평불만이 그렇게 많지 않았습니다.

솔직히 그때는 지금과 비교할 수 없을 정도로 열악했거든요. 엄동설한에도 난방장치가 없어 벌벌 떨면서 미사를 해야만 했고, 수도관 동파로 화장실을 이용할 수 없을 때도 많았습니다. 여름에는 너무 더워서 땀으로 목욕을 할 정도였습니다. 또한 미사를 드릴 마땅한 장소가 없어서 비가 쏟아지는데도 야외에서 비를 맞아가며 미사를 해야만 했습니다. 화장실이 여자 4칸, 남자 1칸이 전부였기 때문에 순례객이 많은 날에는 늘 화장실 앞에 길게 줄 서 있는 모습을 지켜볼 수밖에 없었습니다. 그런데도 불평불만을 듣기 힘들었습니다.

사람들은 열악했던 당시를 이야기하면서 "신부님, 그래도 그때가 더 좋았어요"라고 합니다. 분명히 불평불만이 더 많아야 하는데, 오히려 "좋았다"라고 하는 이유는 무엇이었을까요? 아마 힘들었기 때문에 더 소중하게 기억에 남았을 테고, 또 당시에는 열악한 환경을 그냥 받아들여야만 한다고 생각했기 때문이 아닐까 싶습니다. 수용의 마음과 앞으로는 더 나아지리라는 낙천적인 생각이 있으니 불평불만이 생기지 않았던 것이지요.

불평하는 사람에게 감사의 말과 기쁜 표정을 볼 수 있습니까? 그렇지 않습니다. 불평불만을 가질 때는 말하지 않아도 자연스레 얼굴에 드러나게 됩니다. 그래도 그런 마음으로 사실 작정입니까? 세상과 주변 사람들이 도와주지 않는다고요? 그렇지 않습니다. 모든 것이 자기 뜻대로 갖춰진다 해도 낙천적 자세와 긍정적인 수용의 마음 자체가 없다면, 어떤 상황에서도 불평불만은 계속될 수밖에 없습니다.

가족은 사랑의 근원

시작은 귀를 기울이는 것부터

잊지 마세요. 사랑은 전하는 거예요.

데이비드 에즈라 스테인, 미국의 일러스트레이터이자 작가

어렵고 힘든 일이 생길 때 제일 먼저 생각나는 사람은 누구입니까? 아마도 사랑하는 사람일 것입니다. 특히 한 집에서 오랫동안 동고동락을 함께해온 가족이 생각나겠지요.

집에서 짐을 싸 들고 신학교 기숙사로 들어갔을 때, 부모님께 큰절을 올리고 군대에 갔을 때를 떠올리면 얼마나 걱정이 많았는지 모릅니다. 그렇게 가족을 떠나서 혼자 생활하다 보면 수시로 어려운 일들이 찾아옵니다. 병으로 혼자서 끙끙 아파할 때도, 개인적인 고민으로 잠을 설쳐가며 시달릴 때도 있습니다. 그럴 때마다 가장 먼저 생각나는 사람이 바로 가족이었습니다. 사랑하는 사람이 있다는 그 자체만으로도 얼마나 큰 위로가 되는지 모릅니다.

207

그런데 종종 가족에게 위로받지 못하는 사람들을 만납니다. 위로가 아니라 오히려 가슴 아픈 상처를 받는 경우가 참 많습니다. 예를 들어, 고민 끝에 직장 생활의 어려움을 털어놓는 자식에게 "네가 배불렀구나. 누구는 취직도 못해서 그렇게 안달인데, 버젓이 직장 생활하고 있으면서 뭐가 어렵다고 그래?"라고 야단치면 어떨까요? 성당 안에서 교우와의 갈등 때문에 힘들다고 남편에게 이야기하니 거두절미하고 "성당 당장 때려치우고 그 시간에 집 안 청소나 해"라고 말한다면 어떨까요?

사랑하는 사람에게 자신의 고민을 이야기하는 이유는 딱 한 가지가 아닐까요? 위로받고 싶기 때문입니다. 그런데 말할까 말까 몇 번이나 망설였을 이 고민을 마치 남의 집 일처럼 취급해버리면 과연 위로가 될까요? 한 귀로 듣고 한 귀로 흘려버리는 것도 아니고 면박을 주고 윽박지르기까지 한다면 위로는 고사하고 쉽게 씻어내기 힘든 상처가 되고 맙니다. 커다란 실망과 함께 '이 사람이 정말 내가 사랑하는 사람인가?'라는 의구심마저 들겠지요.

부부가 함께 운영하는 식당에 간 적이 있었습니다. 그래서 제가 "부부가 함께 식당에서 일하시니 참 좋으시겠어요. 사랑하는 사람과 온종일 함께 계시는 것이잖아요"라고 말했죠. 그러자 자매님이 이렇게 말합니다.

"종일 같이 일하다 보면 뭐 좋은 점이 보이겠어요. 일이란 게

다 그렇겠지만 힘들면 못마땅한 점만 보이고 그렇죠. 좁은 공간에 둘밖에 없다 보니 종종 싸움만 일어나요. 오히려 남편이 아침 일찍 직장에 갔다가 밤이 되어서야 볼 때가 더 좋았지요."

기쁘거나 슬프거나 평생 함께하겠노라는 다짐과 함께 부부가 되었을 텐데, 막상 온종일 함께하니 힘들다고 합니다. 그런데 이렇게 말씀하시는 분들이 생각보다 많습니다. 왜 그럴까요?

배우자에게 위로와 사랑을 받지 못한다고 생각하기 때문입니다. 나를 구속하고 간섭한다는 생각 때문에 같이 있는 것 자체가 힘들다고 생각하는 것이지요. 가장 가까운 사람에게 위로를 베풀지 못하면, 어느 곳에서도 사랑을 실천할 수 없습니다. 그리고 자신 또한 사랑받을 수 없습니다. 그러니 모든 사랑은 바로 가족에게서 출발한다고 할 수 있습니다.

어느 금슬 좋고 연세가 지긋하신 부부에게 어떻게 살아야 행복할 수 있냐고 물었던 적이 있습니다. 이 물음에 그 부부는 이렇게 말씀하시더군요.

"사는 게 뭐 별건가? 그냥 서로 정을 주며 사는 거지."

정을 주며 사는 것, 내가 받는 것이 아니라 내가 주는 것에 집중하며 사는 것이라고 합니다. 간단한 원칙인데도 참으로 지키기 힘들지요?

이끕니다 우리를 행복으로 감사의 마음이

> 감사하는 마음은 최고의 미덕일 뿐만 아니라 모든 미덕의 어버이다.
>
> 키케로, 고대 로마 공화정 말기의 정치가·웅변가·철학자

갑곶 성지의 밤은 아주 조용합니다. 그래서 밤에 성지를 산책하면 이렇게 조용하고 공기 좋은 곳에 사는 저 자신이 얼마나 행복한지 생각하게 됩니다. 누구는 일부러 찾는 곳을 저는 이곳에서 먹고 자고 하면서 살고 있으니 얼마나 행복한 사람입니까? 그런데 어떤 분께서 제게 이런 말씀을 하시더군요.

"이렇게 넓은 공간에 혼자 살면 정말로 힘들겠습니다."

그러면서 외롭지 않으냐, 무섭지는 않으냐 같은 질문을 계속해서 던집니다. 어렵고 힘든 점만을 생각하면서 갑곶 성지를 바라보면 살기 힘든 곳이 되겠지만, 좋은 점 그리고 긍정적인 측면을 생각해보면 딱히 이곳보다 나은 곳도 없는 것 같습니다.

어떤 마음으로 살아가는지가 중요하다는 것을 새삼 깨닫습니다. 사실 하느님께서 창조하신 것 중에서 쓸모없는 것이 있을까요? 어떤 창조물 안에서든 하느님의 신비를 발견하기에 충분합니다. 이러한 신비 사이에서 사는 것을 감사하게 받아들인다면, 삶자체가 놀랍고 아름다울 수밖에 없습니다.

이런 신비에 둘러싸여서 산다고 생각하니 대충 산다는 것 자체가 얼마나 죄스러운 일인가 싶습니다. 그 신비와 아름다움을 두고 부차적인 것들에 눈을 팔며 산다는 것은 또 얼마나 어리석은 것일까요? 분주히 오가다 허겁지겁 생을 마감한다면 얼마나 허무할까요?

누군가 자신에게 도움을 주었을 때 우리는 감사의 표시를 합니다. 식당 같은 곳에서 특별한 서비스를 받거나 친절함을 느꼈을 때도 "감사합니다"라는 인사를 잊지 않습니다. 이런 상황에서 감사를 표시하는 사람은 90% 이상이나 됩니다. 그런데 이 감사의 표시가 50% 이하로 줄어들 때가 있습니다. 과연 언제일까요?

가족처럼 가까운 사람에게는 감사의 표시를 잘하지 않는다고 합니다. 왜 그럴까요? 너무도 당연하다고 생각하기 때문입니다. 맛있는 식사를 마련해주는 것, 청소와 정리를 하는 것, 심부름하는 것 등에 대해서 감사의 인사를 좀처럼 하지 않습니다. 누군가 하지 않으면 내가 하거나 불편을 감수할 수밖에 없는 일인데도 말입니다.

세상에 당연한 것은 없습니다. 당연하다고 생각하는 무관심 때문에 사랑이 가득해야 할 곳이 오히려 아픔과 상처가 가득한 곳이 될 수도 있습니다. 따라서 가까운 사이일수록 더 큰 관심과 사랑이 필요합니다. 더 많이 감사하다고 표시하고 더 많이 사랑한다고 고백해야 합니다.

감사와 사랑을 직접 말로 표시하면 18.5% 더 행복해진다고 합니다. 가까운 사람에게 더 많이 감사와 사랑을 표시해서 스스로 더욱 행복한 사람이 되시기 바랍니다.

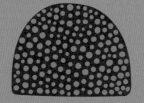

4
장

당신에게
이르는
머나먼 길

칭찬은 평범한 사람을
특별한 사람으로 만드는 마법의 문장이다.

막심 고리키, 러시아의 사회주의 혁명가이자 소설가

이탈리아 나폴리에서 성악가를 꿈꾸던 소년이 교습 선생님에게 "너는 성악가가 될 자질이 없으니 포기해라. 목소리가 마치 덧문에서 나는 바람 소리 같구나"라는 말을 들었습니다. 그러나 그의 어머니는 끝까지 격려했고, 이 격려에 힘입어 열심히 연습한 끝에 훗날 세계적인 성악가가 되었습니다. 그가 바로 세계 3대 성악가 중의 한 명인 '엔리코 카루소'입니다.

그 외에도 격려를 통해서 삶이 바뀐 대표적인 사람이 있습니다. 이분은 초등학교 때 집중력이 없고 쓸데없는 질문만을 던진다는 이유로 결국 학교에서 쫓겨났습니다. 그러나 그의 어머니는 집에서 아들을 직접 가르치면서 계속 격려했습니다. 바로 미국의 발명왕 '토머스 에디슨' 이야기입니다.

사랑이 담긴 따뜻한 격려를 통해 삶 자체가 바뀌어버린 사례는 이외에도 아주 많습니다. 그런데도 누군가를 향해 틀렸다고 혹은 잘못되었다면서 포기하게 만들겠습니까?

주변의 가까운 사람들에게 어떤 말을 주로 하는지 생각해보았으면 합니다. 틀린 것이 아니라 다를 뿐이라고 생각하면 받아들이지 못할 사람은 하나도 없습니다.

생각나는 이야기가 하나 있습니다. 한 사진작가가 사진여행을 하는 중에 밥을 먹으러 한 식당에 들어갔습니다. 그런데 식당 주인이 사진을 보여 달라고 졸라서 작가는 자신이 정성스럽게 작업한 사진들을 보여주었지요. 한참 사진을 본 후 식당 주인이 이렇게 말합니다.

"카메라가 좋아서 그런지 사진이 참 잘 찍혔네요."

사진작가는 기분이 좋을 수 없었습니다. 작품의 우수성을 겨우 카메라 성능 하나로 간단하게 취급했기 때문이지요. 기분은 나빴지만, 꾹 참았습니다. 그리고 식사가 다 끝나고 나서 이렇게 한마디를 건넸습니다.

"냄비가 좋아서 그런지 찌개가 참 맛있네요."

말이라는 것은 상대방을 존중해야 진짜 말이 되는 것이 아닐까 싶습니다. 상대방을 깎아내리고 무시하는 말은 말이라기보다는 버리고 싶은 쓰레기와 같은 것이 아닐까요? 그래서 누군가는 이렇게 말했지요.

'칼에는 두 개의 날이 있지만, 사람의 입에는 백 개의 날이 있다.'

그래서 말을 잘못 사용하면 남들에게 그렇게 많은 아픈 상처를 남깁니다. 그리고 이 상처는 되돌아와 나 자신에게도 남기게 되지요.

어떤 의미의 말을 해야 할까요? 진짜로 힘과 용기를 낼 수 있는 말을 할 수 있어야 합니다. 절대적 절망 앞에서도 용기를 잃지 않을 격려의 말을 할 수 있다면 좋겠습니다. 그런 말 한두 마디를 늘 준비해두면 좋지 않을까요.

테니스 선수 조코비치는 6개월간의 부상을 딛고 정현 선수와 호주 오픈 테니스 대회에서 경기를 치렀습니다. 경기 결과는 많은 분이 잘 알듯이 정현 선수가 이겼지요. 경기 후에 어떤 기자가 조코비치에게 "부상은 어떤가?"라는 질문을 던지자 그는 이렇게 답했다고 합니다.

"오늘은 부상 이야기를 하지 않겠습니다. 그건 마땅히 인정받아야 할 정현의 승리를 깎아내리는 일입니다."

이렇게 상대방을 배려하는 조코비치의 인성에 사람들은 손뼉을 칩니다. 사실 어떤 승부에서 졌을 때, 자신이 진 이유를 말하는 것이 일반적인 모습입니다. 하지만 그는 남 탓을 하지 않았습니다.
그저 상대방의 승리를 축하했을 뿐이지요. 이러한 배려가 우리 삶
에 가득하면 얼마나 좋을까요?

진
정
성
이

사
람
을

움
직
입
니
다

성공한 사람은 반드시 두 개의 마음을 갖고 있다.

하나는 사랑하는 마음이고, 다른 하나는 받아들이는 마음이다.

칼릴 지브란, 레바논의 작가이자 철학자

당
신
에
게

이
르
는

머
나
먼

길

어떤 분이 상대방이 자신의 사과를 받아주지 않아 겸연쩍었던 일을 이야기합니다. 미안한 마음에 자신이 할 수 있는 최선을 다해 진심으로 사과했는데, 전혀 받아주지 않아서 답답했다고 합니다. 왜 사과를 받아주지 않았을까요? 대범하지 못해서 그럴까요? 이 사람에게 사랑의 마음이 없어서 그럴까요?

대범하지 못한 것도 아니고 사랑의 마음이 없어서 그런 것도 아닙니다. 그보다는 사과할 때 진정성과 깊은 반성이 필요한 것처럼, 용서하는 것 역시 많은 생각을 할 수 있는 시간이 필요하기 때문입니다. 그래야 진정성 있게 용서할 수 있기 때문입니다. 그래서 만약 사과를 했는데 조금의 망설임도 없이 "그래. 괜찮아. 전처럼 편하게 지내자"라고 즉시 사과를 받아준다면 문제가 더 커질 수 있습니다. 진정성 있는 용서가 아니기 때문입니다.

'내가 사과했는데 어떻게 안 받아줄 수 있어?'라면서 상대방을 원망하는 마음보다는 상대방이 얼마나 힘들었는지 먼저 생각해 봐야 합니다. 그러한 진정성 있는 마음이 바로 '사랑'이 아닐까요? 그리고 이러한 사랑을 상대방이 느낄 때, 마찬가지로 사랑으로 용서할 수 있습니다.

이렇게 진정성 있는 마음과 사랑의 마음이 있을 때 상대방의 마음을 움직일 수 있습니다. 그러나 우리는 입 밖으로 내뱉은 말과 눈에 보이는 행동만으로 모든 의무를 다했다는 착각 속에 살 때가 많습니다. 진정한 사랑만이 진정한 의무를 다하는 것입니다.

언젠가 보았던 드라마의 한 장면이 떠올랐습니다. 젊은 남성이 한 여성에게 결혼해달라고 구애합니다. 눈물을 펑펑 흘리면서 결혼해주지 않으면 죽어버리겠다고 위협까지 합니다. 결국 결혼을 합니다. 하지만 남자는 결혼 후에 아내를 끊임없이 의심합니다. 다른 남자를 만난다는 의심, 자신의 사랑을 받아주지 않는다는 의심 등….

이 남자는 아내를 정말로 사랑하는 것일까요? 사랑이라는 이름을 쓰지만 절대 진정한 사랑은 아닙니다. 사랑이란 죽음과 연관된 것이 아니라, 사람을 살리는 생명과 연관되기 때문입니다. 따라서 자신의 사랑을 받아주지 않으면 죽겠다고 말하는 것은 진짜 사랑이 아닙니다. 사랑이라는 이름으로 상대방을 구속하고 통제하려는 욕심과 이기심만 보일 뿐입니다.

사랑이란 혼자만의 것이 될 수 없습니다. 사랑이란 함께하는 것이며, 그래서 의미 있는 삶이라고 말하는 것입니다. 그에 반해서 헛된 삶은 혼자서만 말하고 자기 의심에 사로잡히는 삶입니다. 자기만의 시간과 공간에 갇혀서 이상한 삶을 만들어가는 것이지요.

우리는 사랑이라는 말을 많이 씁니다. 그런데 나의 사랑이 어떤 사랑인지 잘 살펴봐야 합니다. 그 사랑이 진정으로 의미 있는 삶으로 나아가게 하는 것일까요?

지
금
을
살
아
가
기

당신은 왜 여기에 있는가?
우주의 신성한 의도와 목적을 펼치기 위함이다.
당신이 그토록 신성한 존재인 까닭이 바로 여기에 있다.

에크하르트 툴레, 독일 출신의 영성가

언젠가 초등학교 동창 모임에 갔다가 앞에 나서서 진행을 맡은 동 창을 가리키며 한 친구가 이렇게 말합니다.

"초등학교 때는 공부도 못하고 찌질이 같았는데, 많이 컸네."

그러면서 진행하는 친구의 과거에 볼품없던 모습만을 계속해 서 이야기합니다. 그 순간 그렇게 말하는 친구가 더 '찌질이'처럼 보였습니다. 초등학교 때는 분명히 공부도 잘하고 운동도 잘해서 아주 인기가 많았던 친구였지요. 반면에 진행을 보는 친구는 무엇 하나 잘하는 것이 없었습니다. 하지만 지금은 완전히 바뀌었습니 다. 초등학교 때 잘 나갔다고 자부하는 이 친구는 말끝마다 "왕년 에…"를 덧붙이며 과거에 머물며 살았고, 초등학교 때는 별 볼 일 없었던 친구는 지금은 제법 인정받으며 열심히 살았습니다.

중국 송나라에 한 농부가 살았습니다. 하루는 밭에서 일하는데, 저쪽에서 토끼 한 마리가 뛰어오는 것입니다. 그러더니 혼자 나무 밑동에 머리를 들이박고는 기절하는 것이 아닙니까? 농부는 이렇게 토끼를 쉽게 잡을 수 있었습니다. 그래서 다음 날부터 농부는 일하지 않았습니다. 그저 나무 뒤에 숨어서 '어디서 멍청한 토끼 한 마리 안 오나?' 하며 기다리고 또 기다립니다.

멍청한 토끼를 기다린 농부이지만, 실상은 본인이 더 멍청한 모습이었지요. 이 이야기는 많은 분이 아는『한비자韓非子』에 나오는 '수주대토守株待兔'의 우화입니다. 정말로 이런 사람이 있을까 싶지만, 실제로 많은 사람이 이 우화의 모습처럼 살아갑니다. 앞의 친구가 바로 대표적인 예입니다. 과거의 성공만 기억하면서 지금은 아무것도 하지 않는 사람들 말입니다. "내가 왕년에는…"이라고 시작하는 말을 얼마나 많이 합니까?

과거의 성공을 잊어버려야 합니다. 그런데 여기에 또 하나 잊어야 할 것은 과거의 실패입니다. '그때가 기회였는데…' '내가 왜 그랬을까?' 같은 말을 하면서 과거의 실패에 집중하면, 지금 이 순간에 자존감을 잃어버리고 대신 불안한 마음으로 힘든 순간을 보내기 때문입니다. 이렇게 과거에 연연하는 것 모두 쓸데없는 소모적 감정입니다.

그렇다면 우리가 집중해야 하는 것은 무엇일까요? 더 나은 미래에 대한 희망으로 지금 나 자신이 해야 할 일에 최선을 다할 수 있어야 합니다.

　과거에 머물며 살면 분명히 지금을 제대로 살 수 없습니다. 과거를 거울 삼아 지금을 잘살아야 하는데, "그때가 좋았지"라면서 과거 속에만 살려고 하니 어떻게 지금을 잘살 수 있겠습니까? 이렇게 과거에 머무는 삶이 아니라, 지금을 충실히 살아가려면 어떻게 해야 할까요? 나에게 행운을 가져다줄 은인을 만나야 할까요? 과거에만 살고 있다면, 누군가 도움을 주겠다며 찾아온다 하더라도 내 삶을 변화시킬 수 없습니다. 바로 나만이 지금의 내 삶을 변화시킬 수 있습니다.

　공부에 대한 열등감을 가졌던 시간이 있었습니다. 지금 생각해보면 그렇게 나쁜 성적이 아니었음에도 저보다 더 공부를 잘하는 친구를 부러워하면서, '나는 왜 그렇게 공부를 못할까?'를 계속해서 되뇌며 늘 성적에 대한 아쉬움을 간직했습니다. 이렇게 과거에만 머물러 있던 저였습니다. 이런 상태에서 과연 공부가 재미있었을까요? 제일 재미없고 하기 싫은 것이 공부였습니다. 더 나아가 모든 것을 다 공부와 연결하다 보니 책을 읽는 것조차 싫었습니다.

　신학교에 들어가고 나서야 비로소 성적에 연연하지 않게 되었습니다. 공부도 중요하지만, 지금을 살아가는 신학교 생활 자체가 더 재미있고 의미 있다는 점을 깨달았기 때문입니다. 그 뒤 그렇게 싫어하던 책 읽는 것을 좋아하게 되었고, 더불어 공부 자체에도 흥미를 느끼게 되었습니다.

철학자 헤겔은 '마음의 문을 여는 손잡이는 마음의 안쪽에만 달려 있다'고 말했습니다. 이 말은 무슨 의미일까요? 자신의 마음을 열 수 있는 사람은 다른 사람이 아닌 바로 나 자신밖에 없다는 뜻입니다. 다른 사람이 강제로 열거나 닫을 수 없다는 것이지요.

과거에 연연하면 절대로 행복할 수 없습니다. 지금을 제대로 살지 못하기 때문입니다. 지금을 살아가는 사람은 지금을 자신감 넘치게 살 수 있습니다. 여러분은 어디를 바라보면서 사시겠습니까? 과거입니까? 현재입니까?

몸
의
상
처,

마
음
의
상
처

고통을 어떻게 바라보는가가 행복을 결정한다.

조지 베일런트, 하버드대학교 교수

몇 년 전에 요리하다가 손가락을 크게 베인 적이 있습니다. 피가 많이 나서 베인 손가락을 움켜쥐고서 병원으로 갔지요. 그때 생겼던 상처는 어떻게 되었을까요? 아직 피가 나올까요? 아닙니다. 언제 베인 적이 있었냐고 할 정도로 상처의 흔적도 찾아보기가 힘듭니다. 이렇게 우리의 몸은 스스로 치유하는 능력이 있습니다.

우리 몸 안에 들어온 세균과 싸워 이기고, 부러진 뼈를 다시 붙이고, 새살이 돋아나게 합니다. 신체적 재생을 위한 놀라운 치유력을 우리의 몸은 갖고 있습니다. 그렇다면 마음의 상처는 어떨까요? 주님께서는 육체적 상처뿐만 아니라 마음의 상처 역시 치유할 수 있게 우리를 만드셨습니다.

그런데 종종 우리는 마음의 상처를 도저히 치유할 수 없다고 말하는 사람들을 만납니다. 다른 이에게 받은 마음의 상처에서 회복될 수 없다면서, 극단적인 선택을 하는 사람들도 얼마나 많은지요?

　　어깨가 아파서 한동안 고생한 적이 있습니다. 이 어깨의 통증은 점점 심해져서 목까지 건너가더군요. 그래서 생활하는 데 많은 불편함이 있었습니다. 이러한 제 모습이 안타까웠는지 어떤 분이 지압하는 분을 소개해주어 찾아갔습니다. 그분한테 제 몸을 맡기자마자 저는 곧바로 몸을 벌떡 일으킬 뻔했습니다. 너무 아팠기 때문입니다. 그러자 이렇게 말합니다.

　　"신부님, 힘 빼세요."

　　"힘준다고 덜 아픈 것이 아닙니다. 힘을 빼야 아프지 않아요."

　　아파서 저절로 힘이 들어가는 것을 어떻게 합니까? 그분께서는 계속해서 제 몸을 툭툭 치면서 힘 빼라고 말합니다. 그런데 어느 순간 몸에 힘이 들어가지 않게 되었고, 바로 그때 아프기만 하던 지압이 오히려 시원하게 느껴지더군요. 지압해주던 형제님은 다음과 같이 말했습니다.

　　"신부님, 저는 지압을 하면서 사람들과의 관계에서도 힘을 빼야 한다고 생각합니다. 힘을 꽉 주고 있어서 얼마나 많이 부딪치고 있습니까? 그러다 보니 힘들다고 또 괴롭다고 말하지요. 그러나 힘을 빼면 처음에는 불편할 수 있어도 조금만 지나면 가장 기분 좋은 상태가 되지 않을까요?"

정말로 그런 것 같습니다. 우리는 사람들과의 관계에서 얼마나 많은 힘을 주고 있습니까? 자신의 생각과 다르면 더 강한 힘을 내보이면서 싸우려고만 합니다. 그러다 보면 모두 힘들어질 수밖에 없습니다. 이렇게 자신의 입장에서만 바라보는 판단을 통해서는 하느님을 알아볼 수도 없고, 또 하느님의 뜻을 제대로 따를 수도 없게 됩니다.

힘을 주는 나의 모습에서 벗어날 수 있어야 합니다. 이를 위해 내 입장을 내세우는 데만 급급하지 말고, 상대방의 입장을 인정하고 수용할 수 있어야 합니다. 그래야 참 기쁨과 행복의 삶을 살아갈 수 있는 힘을 얻을 수 있습니다.

가르쳐 드립니다 부끄러움을

완성에 도달하려는 노력이 필요하기 때문에

신은 일부러 인간에게 수많은 미완성을 내려주신 것이다.

아놀드 하우저, 헝가리 출신의 미술사학자

많은 이가 죄인은 성당에 다니지 말아야 한다고 생각하는 것 같습니다. 그래서 어떤 사회적 물의를 일으켰을 때, "저렇게 사는 사람이 무슨 낯짝으로 성당을 나와?"라고 말하는 분을 직접 뵌 적도 있습니다. 그러나 주님께서는 분명히 의인이 아니라 죄인을 부르러 이 땅에 오셨다고 하셨습니다. 따라서 이른바 죄인이라는 사람을 쫓는 모습이 아니라, 그들이 주님의 뜻을 따를 수 있게 도와주어야 하지 않을까요?

예전에 함께 대화를 나눴던 한 청년이 생각납니다. 이 청년은 폭력조직에서 활동하면서 수감생활도 몇 차례 했지요. 그런데 세례를 받고 믿음을 갖게 되면서, 점점 예전의 자기 모습이 부끄러워

당신에게 이르는 머나먼 길

지기 시작했다고 합니다. 이렇게 죄 많은 자신이 과연 성당에 다녀도 괜찮은지 제게 묻더군요. 솔직히 죄에 대해서 이러한 부끄러움을 갖는다는 것은 그만큼 순수함을 간직했다는 증거가 아닐까 싶었습니다. 사실 죄를 짓고도 부끄러워하지 않는 사람이 얼마나 많습니까? 아우구스티누스 성인의 인상 깊은 말씀이 떠오릅니다.

"죄에 대한 부끄러움은 낙원까지 안내한다."

이 말에 의아해하시는 분들도 계실 것입니다. 사도 베드로를 생각해보십시오. 그는 예수님 앞에서 주님과 함께라면 죽을 준비까지 되어 있다면서 호언장담했지만, 결국 "나는 그 사람을 알지 못하오"라고 세 번이나 부인했습니다. 얼마나 부끄러웠을까요? 그 부끄러움을 그는 밖으로 나가 슬피 울면서 표현합니다. 이 부끄러움이 어떻게 되었을까요? 주님을 끝까지 따르게 하는 힘이 되어서 결국 주님과 함께 영원한 생명을 누리게 했습니다.

여기서 한 가지 중요한 사실이 있습니다. 부끄러움만으로는 낙원에 들어갈 수 없다는 것입니다. 예수님을 배반했던 유다 이스카리옷은 어떠했습니까? 부끄러움에 스스로 목숨을 끊어버립니다. 이렇듯 부끄러움만으로는 부족합니다. 이를 뛰어넘는 것이 바로 주님에게 용서받았음을 느끼는 것입니다. 그리고 이렇게 용서받았다고 느끼는 사람만이 용서할 수 있습니다. 주님으로부터 진정으로 용서받았다는 바로 그 부분에서, 우리 차례가 되었을 때 나의 이웃을 용서할 수 있는 힘이 생깁니다.

주님께서는 중풍 병자를 치유하시면서 "너는 죄를 용서받았다"라고 말씀하십니다. 지금을 사는 우리에게 필요한 것은 용서받았음을 기억하는 것이기 때문입니다. 사랑의 주님께서 우리를 계속해서 용서하신다는 것, 따라서 죄에 대한 부끄러움으로 포기하는 삶이 아니라 용서받았음에 감사하면서 힘차게 주님의 뜻에 맞게 살아갈 수 있도록 하시는 것입니다. 그리고 주님께서 용서하셨듯이, 우리 역시 우리의 이웃을 용서할 수 있어야 합니다. 이것이 바로 낙원으로 가는 유일한 길입니다.

사 어
랑 려
이 우
　 신
　 가
　 요

> 누군가의 이야기를 듣는 것은 그 사람이 말하는 동안
> 그의 입장이 되어 보는 것이다.
>
> 시몬 베유, 프랑스의 사상가

어떤 분이 자녀에 대한 불만을 털어놓습니다. 군대도 다녀왔고 대학도 졸업했는데 도무지 취업할 생각을 하지 않고 집에서 뒹굴뒹굴 놀기만 한다는 것입니다. 어렸을 때는 얼마나 똑똑했는지 모른다고 또 부모의 말을 한 번도 어기지 않을 정도로 착했다고 합니다. 그래서 이 아들에 대한 기대가 엄청나게 컸는데, 이런 기대를 저버리고 저렇게 집에만 있어서 너무 화가 난다는 것이지요. 부모로서 자녀에 대한 걱정은 안 할 수 없겠지요. 그런데 이런 생각이 들어서 물어보았습니다.

"그렇다면 아들이 지금 하고 싶은 것은 무엇이랍니까?"

이 질문에 그분께서는 선뜻 대답하지 못했습니다. 아무것도 하

지 않는 아들에 대한 불만만 가득해서 화를 냈지, 무엇을 원하는 지 또 무엇을 하고 싶은지를 물어본 적도 없었습니다.

우리는 상대방을 자신이 원하는 사람으로 만들려고만 합니다. 부모는 자녀를, 아내는 남편을, 남편은 아내를, 직장 상사는 부하 직원을, 선생은 제자를, 정치가는 국민을…. 자신의 정당성을 내세 우면서 자신에게 맞추려고만 합니다.

또 다른 어떤 부모에게 들은 자녀 이야기도 기억납니다. 공부 를 너무 못해서 이번에 꼴찌를 했다는 것이지요. 주변 사람들 보 기에 너무나 부끄러워서 고개를 들 수 없다고 아이에게 말했더니 아이가 뜻밖의 말을 하더라는 것입니다.

"내가 공부를 못하기는 하지만, 꼴찌가 그렇게 부끄러운 거야? 그래도 이렇게 건강한 아들 둔 것이 더 나은 것 아냐?"

생각해보니 꼴찌를 했다는 사실만 부끄러워했지, 아들을 제 대로 바라보지 않았다는 사실에 크게 반성했다고 합니다. 하긴 어떤 부모는 사고로 자녀를 잃고 나서 "꼴찌라도 하는 아이가 있었으면 한이 없겠네요"라고 말합니다. 무엇이 더 중요할까요? 공부를 잘하는 것일까요? 아니면 건강하게 잘 지내는 것일까요?

많은 이가 완벽함을 추구합니다. 이것도 잘하고, 저것도 잘해야 한다고 생각합니다. 그래서 건강은 당연하고, 여기에 공부도 잘해야 한다고 요구합니다. 노력하면 안 되는 것이 없다고 말하면서요. 그러나 공부만 잘하는 아이보다 공부만 못 하는 아이가 더 훌륭한 아이가 될 가능성이 있다는 예를 우리는 주변에서 많이 발견합니다.

자녀는 부모에게 많은 영향을 받을 수밖에 없습니다. 부모가 좋은 모범을 보여줄 수도 있고, 또 반대의 경우도 있겠지요. 부모가 말과 행동이 일치하는 모습으로 좋은 모범을 보인다면, 자녀 역시 책임감을 갖고 말과 행동이 일치하는 삶을 살 가능성이 훨씬 더 커집니다. 그리고 진정한 가치를 추구하며 사는 부모의 모범이 자녀 역시 진정한 삶을 향해 나아갈 수 있게 합니다.

좀 더 확대해 생각해본다면, 지금 내가 하는 행동이 사회의 좋은 모범이 될 때, 이 세상을 변화시킬 수 있는 한 줄기 빛이 되지 않을까요. 그러나 모범적 행동보다 자신의 세속적 욕심과 이기심을 채우는 데 급급해 세상은 더욱더 그릇된 방향으로 나아가는 것이 아닐까요?

사랑이란 무엇보다 상대방을 있는 그대로 받아들이고 이해하려는 노력에서 출발합니다. 그래서 더 많이 들어주고, 때로는 믿고 참으면서 기다려줄 수도 있는 것입니다. 하지만 우리는 들으려고 하기보다는 더 많은 말을 하려고만 합니다. 상대방이 원하는 것을 찾기보다는 내가 원하는 것을 내세우는 데 더 많은 힘과 정성을 쏟습니다. 그렇기 때문에 수도 없이 사랑을 이야기하면서도 정작 사랑을 느끼기 힘든 것은 아닐까요?

변하는 모든 것들

우리는 인생의 오후를 아침처럼 살 수 없다.
아침에 위대했던 것들이 밤에는 보잘것없어지고
아침에 진실이던 것이 밤에는 거짓이 되기 때문이다.

칼 융, 스위스의 정신과 의사이자 심리학자

어렸을 때, 버스를 타려고 하면 거의 전쟁 같았지요. 많은 사람이 필사적으로 버스를 타려고 했고, 그렇게 많은 사람이 어떻게 다 버스에 탈 수 있을까 의심할 정도였습니다. 그 많은 승객을 모두 태우기에는 버스가 터무니없이 작아만 보였습니다. 그런데 놀랍게도 이 많은 사람이 모두 버스에 탔습니다. 바로 버스 안내원의 힘 때문입니다. 작은 체구인데도 무슨 힘이 그렇게 좋은지 어떻게든 승객을 모두 안으로 밀어넣었습니다.

　이 버스 안내원만큼은 절대 없어지지 않으리라 예상했습니다. 왜냐하면 이들이 없다면 그 많고 많은 사람이 온전히 출퇴근할 수 없을 것만 같았기 때문입니다. 하지만 많은 부분에서 자동화가 이루

당신에게 이르는 머나먼 길

235

어지면서 버스 안내원은 1989년을 마지막으로 우리나라에서 완전히 사라졌습니다.

이렇게 변하지 않고 영원하리라 생각했던 것이 실제로는 변하고 사라지는 경우가 얼마나 많습니까? 주산을 배워야 사는 데 큰 도움이 된다고 생각했던 적이 있습니다. 그러나 지금 주산을 배우는 사람을 찾기는 정말로 힘듭니다. 성냥은 어떻습니까? 아마 집에 커다란 팔각성냥 하나씩은 다 있었을 것입니다. 그러나 지금은 라이터가 그 자리를 차지합니다. 촛불 켜는 일 말고는 라이터를 사용하는 일도 거의 없지만요.

변하지 않는 것은 없습니다. 세상, 사람, 문화, 생각 등 온통 변하는 것 투성입니다. 그런데 이 변화를 받아들이지 못하는 사람들이 참으로 많습니다. 특히 자신의 생각을 바꾸지 않습니다. 자신의 생각이 무조건 옳다고 말하는 모습을 종종 봅니다. 변화를 인정하지 않는 편협된 사고를 가진 사람들입니다. 이런 모습을 절대 지혜롭다고 말할 수는 없습니다.

사람도 변합니다. 간혹 어느 분들의 말을 들어보면 사람은 절대 변하지 않는다고 하는데, 제 경험으로 미루어보면 사람도 변하는 것 같습니다.

어느 날 동창 신부와 만나서 대화를 나누다가 한 원로 신부님에 대한 이야기를 들을 수 있었습니다. 서울 신학교 은사 신부님으로 학창 시절에 너무나 무서웠던 분이었습니다. 점수를 잘 주지 않는 것은 물론이고, 신학생들을 많이 혼내기도 하셨지요. 따라서 원로 사목자가 되어서도 예전의 무서운 모습, 화내는 모습을 간직하시리라 예상했습니다. 그런데 이 신부님이 예전과는 완전히 다르다고 합니다. 지금은 너무나도 상냥하고 마음씨 좋은 동네 할아버지 같다고 하더군요. 신부님께서 이런 말씀을 하셨다고 합니다.

"나이가 들면 이제껏 함께해온 사람만 중요한 것이 아니라, 앞으로 함께할 사람들 또한 중요하다는 것을 알게 되는 것 같아. 이 사실을 깨닫다 보니 이제는 남을 더 배려하게 되고, 어떻게 함께할 수 있을지를 먼저 생각하게 된단다."

지금 만나는 사람들을 떠올려보십시오. 그 사람에게 많은 상처를 받는다면, 그를 굳이 만나려고 하지 않을 것입니다. 지금 만나는 사람은 상처보다는 사랑을 주는 사람이었고, 내게 희망을 주는 사람이었습니다. 그렇다면 반대로 나를 계속 만나고 싶어 하는 사람은 내게 어떤 모습을 원할지 분명해집니다. 사랑하는 모습, 희망을 보여주는 모습, 그래서 만남을 통해 힘을 얻는 모습을 원할 것입니다. 원로 신부님도 이렇게 변하셨습니다. 버스 안내원이라는 직업은 영원히 사라지지 않으리라 믿었지만, 지금은 사라졌습니다. 원로 신부님 역시 영영 무서운 분으로 남으리라 믿었지만, 지금은 마음씨 좋은 옆집 할아버지가 되셨습니다. 변화를 이끈 요소는 다르지만, 결국 모든 건 변하는 것 같습니다.

청년의 고백

시 쓰는

자신에게는 독특한 개성이 있지.
그리고 그것을 반드시 믿어야 한다.
남들이 알아주지 않는다고 해도 말이다.

영화 〈죽은 시인의 사회〉 중에서

언젠가 시를 쓰는 청년을 만난 적이 있습니다. 이 청년은 제게 "신부님, 이제 시를 못 쓰겠습니다"라고 말하더군요. 그 이유를 물으니 처음에는 시를 쓰는 것 자체로 만족하며 살았지만, 나이가 들다 보니 시 하나만 바라보며 도저히 살 수 없다고 했습니다. 우선 먹고살아야 하니까 시는 잠시 접으려고 한다는 것이지요.

작가라면 꽤 살 만하다고 생각하지만, 사실 베스트셀러 작가가 아니고서는 글 쓰는 것만으로는 여유 있게 살 수 없습니다. 그러다 보니 가족을 비롯한 지인들이 속된 말로 베스트셀러 작가가 되지 못하면 다른 길로 가야 한다고 말하지요. 베스트셀러 작품이 그 사람의 작가적 재능을 모두 말해주는 것도 아닌데 말이죠. 고

전의 반열에 올라 있는 많은 작품이 발표했던 당대에는 환영받지 못하다가 작가가 죽은 후에 높게 평가받았던 수많은 사례가 우리의 눈에는 잘 보이지 않는 모양입니다.

"글로 어떻게 먹고사니? 돈도 안 되는 일을 뭐하러 하려는 거야?"

세상의 시선이 대체로 이런 식이라 자연스럽게 글 쓰는 것을 포기하게 되었다고 합니다.

책을 좋아하고 또 글을 쓰는 저로서는 참으로 안타까운 말이었습니다. 글은 우리에게 많은 도움을 줍니다. 그런데 우리 사회가 글을 쓰는 사람들을 지키지 못한다면, 그만큼 우리를 돕는 손길이 사라지는 것이 아닐까요?

글 쓰는 사람만이 아닙니다. 우리 주위에는 우리가 지켜야 할 대상이 참 많습니다. 그 대상을 지키려고 하기보다는 세속적인 성공의 기준으로 그 사람의 재능을 평가하고 포기하게 종용했던 것은 아닐까요?

이 세상의 주연만 존재 이유가 있다고 착각하기도 합니다. 그러나 다른 이에게 힘이 되어주는 협조자가 없다면, 주연도 없습니다. 영화나 드라마에서도 주연을 돋보이게 하는 조연이 있어야 하지 않습니까?

글 쓰는 사람들이 다 베스트셀러 작가가 되어야 하는 것은 아

당신에게 이르는 머나먼 길

닙니다. 다른 무엇보다 스스로 충만하게 살아가고, 다른 이에게 삶의 소중함과 존재 이유를 눈뜨게 해준다면, 비록 조연이고 엑스트라라 하더라도 우리 사회에 없어서는 안 될 훌륭한 예술가입니다.

살
며
사
랑
하
며

당신이 하는 것의 모든 일이 사소하다.

하지만 당신이 그것을 한다는 것은 매우 중요하다.

마하트마 간디, 인도의 민족운동 지도자

얼마 전, 고속도로 휴게소 식당에서 있었던 일이 하나 생각납니다.

식당 안에서 쩌렁쩌렁한 목소리가 들립니다. "왜 밥 안 줘!"라고 외치는 목소리의 주인공을 찾아 고개를 돌리니, 연세 지긋한 할아버지였습니다. 할아버지께서 화가 많이 나셨나 봅니다. 번호표를 들고 아무리 기다려도 자기 번호가 표시되지 않고, 다른 번호만 표시된다는 것이지요. 너무 화가 나서 "왜 밥 안 줘?"라고 소리쳤던 것입니다. 휴게소 직원이 얼른 할아버지 곁에 가서 번호표를 확인하고 조용히 이야기합니다.

"할아버지, 번호표를 보니까 한식을 주문하셨네요. 여기는 양식 코너라서 주문하신 음식이 여기에서 안 나와요. 제가 모시고 갈게요."

할아버지에게 잘못하셨다고 무안을 주고 화를 낼 수도 있는 상황이었습니다. 그런데도 직원이 조용한 목소리로 이야기하면서, 할아버지를 모시고 가는 모습에서 작은 감동을 받았습니다.

내게 화를 낸 사람에게 똑같이 화를 내면 어떻습니까? 누구의 잘잘못을 떠나서 분명히 서로 기분이 언짢아집니다. 그런데 꼭 화를 내야만 문제가 해결될까요? 문제는 더 꼬일 수밖에 없습니다. 더 큰 힘은 폭력이 아니라, 폭력을 누르는 사랑에서 나옵니다.

대부분 동물이 완벽한 상태에서 태어나지만, 인간은 어렴풋이 윤곽만 잡힌 상태로 태어납니다. 예전에 키웠던 개가 새끼를 낳았을 때를 기억해봅니다. 보름쯤 지나니까 눈을 뜨고 이빨도 나옵니다. 3주 정도 지나니 걷기 시작하고 스스로 배변까지 합니다. 어미로부터 독립하는 데 3~5개월이면 충분합니다. 그런데 사람은 어떻습니까? 사람은 첫돌 전까지는 한시도 눈을 떼지 않고 보살펴야 하고, 학교에 들어가기 전까지도 돌볼 것이 한두 가지가 아닙니다.

이렇게 인간은 미숙한 상태에서 태어났고, 이를 극복해야만 했습니다. 하느님께서는 다른 동식물들은 완벽한 상태에서 태어나게 했는데, 왜 인간은 이렇게 불완전하게 태어나게 했을까요? 바로 완성되어가는 과정을 인간 스스로에게 맡기신 것이 아닐까요? 즉 함께하면서 서로 도우며 완성해갈 수 있도록, 또한 자신의 나약함을 기억하면서 다른 이들에게 힘을 불어넣어 살아갈 수 있게 하신 것입니다. 그 바탕에는 '사랑'이 있습니다.

인간은 서로 사랑하면서 살아야 합니다. 그러나 사랑을 제대로 실천하지 못할 때가 많습니다. 언젠가 카페에서 사람들과 대화를 나눌 때였습니다. 그중 젊은 청년 한 명이 스마트폰에만 온 정신을 쏟습니다. 대화에 집중하지 못하고 이야기하는 사람을 무시하는 것 같아서 기분이 영 좋지 않았습니다. 그런데 카페 주위를 둘러보니 대부분 사람이 스마트폰만 만지작거렸습니다. 앞에 사람이 버젓이 앉아 있는데도 말이지요. 이런 모습이 우리 삶에서 실천할 수 있는 작은 사랑을 외면하는 것은 아니었을까요?

사 랑 의 원 칙

수천의 생을 반복한다 해도 사랑하는 사람과 다시 만난다는 것은 드문 일이다.
지금 후회 없이 사랑하라. 사랑할 시간은 그리 많지 않다.

산티테바, 승려이자 7세기 대승불교의 스승

나이 차이가 많이 나는 부부에 대한 이야기를 들은 적이 있습니다. 일반적으로 연인 사이에는 남자의 나이가 더 많지만, 이 부부는 자매님이 형제님보다 15살이나 더 많았습니다. 이 자매님은 재혼한 것인데, 상처한 남편과 사이에서 낳은 딸과 지금 남편의 나이 차이는 10살밖에 나지 않습니다. 그러다 보니 오히려 딸과 남편이 부부처럼 보일 정도였습니다. 그런데도 이 부부는 늘 손을 꼭 잡고 다니면서 얼마나 서로 사랑하는지를 과시하듯 다녔습니다.

이 둘이 결혼할 때 주변에서 반대가 심했다고 합니다. 자매님은 매일같이 갈등에 빠졌습니다. 언젠가는 연세 지긋하신 할아버지가 손을 잡고 걸어가는 이 둘을 보면서 이렇게 말했답니다.

"젊은 사람은 젊은 사람끼리 사귀어야지. 그게 순리야."

자매님은 이 말에 큰 상처를 받았습니다. 자신이 젊은 남자 친구에게 큰 죄를 짓는 것 같고, 사랑한다는 이유로 이 사람의 앞길을 막는다고 생각했습니다. 한참 의기소침한 자매님에게 형제님은 이렇게 말해주더랍니다.

"신경 쓰지 마세요. 젊은 사람끼리 사귀는 것이 순리가 아니라, 사랑하는 사람끼리 사귀는 것이 순리입니다."

이 말에 자매님은 큰 용기를 얻었고, 결국 둘은 결혼했습니다. 맞습니다. 나이는 많은 조건 가운데 하나이며, 나이 차는 다른 조건일 뿐입니다. 두 사람의 결합에서 사랑만 한 절대의 원칙이 없을 텐데, 사람들은 왜 조건을 원칙이라고 할까요?

얼마 전 결혼식 주례를 서고 왔습니다. 지금까지 사제 생활을 하면서 한 200회 이상의 결혼식 주례를 섰습니다. 이렇게 주례를 많이 섰다고 하니 어떤 분이 묻습니다.

"신부님은 결혼 안 하셨잖아요. 이렇게 결혼하는 부부를 보면 부럽지 않나요?"

이 말에 많은 생각을 하게 됩니다. 행복한 가정생활을 하는 부부도 있지만, 솔직히 그렇지 않은 부부가 더 많은 것 같아서입니다. 하긴 2017년 혼인과 이혼에 관한 통계를 본 적이 있는데, 혼인은 26만 4,500건이고 이혼은 10만 6,000건이더군요. 그래서 이런 말이 있나 봅니다.

"판단력이 부족하면 결혼하고, 이해력이 부족하면 이혼하며, 기억력이 부족하면 재혼한다."

행복한 부부가 많아져야 합니다. 그래야 그 모습을 보고 더 많은 이가 함께함의 중요성을 깨닫지 않겠습니까? 결혼하지 않는 제가 많이 부러워할 수 있도록 부부간의 더 큰 사랑을 만들어보세요.

사
랑
하
세
요

그
래
도

지구상의 모든 음악 중 하늘 저 멀리까지 울려 퍼지는 음악은
진심으로 사랑하는 마음의 고동 소리다.

헨리 워드 비처, 미국의 목사

어떻게 행동하는 것이 윤리적일까요? 친구를 골탕 먹이려고 도서
관에서 공부하는 친구를 불러냈습니다. 그런데 마침 그 도서관에
불이 났습니다. 친구를 구한 셈이니 윤리적 행동이라고 할 수 있
을까요? 선거철만 다가오면 정치인은 열심히 곳곳을 누비며 선행
을 베풀지요. 이러한 선행은 과연 윤리적일까요? 그런 행위를 선
행이라고 할 수 있을까요? 절대 그렇지 않습니다. 사랑의 마음이
바탕에 깔려 있어야 윤리적이라고 말할 수 있기 때문입니다.

아우구스티누스 성인은 두 가지 사랑을 말합니다. 첫째, 사랑
하는 대상을 목적으로 온전히 사랑하는 것, 둘째는 사랑하는 대상
을 다른 목적을 위한 수단으로 사랑하는 것. 어떤 사랑을 해야 할

당신에게 이르는 머나먼 길

247

까요? 당연히 대상을 목적으로 온전히 사랑해야 합니다. 그러나 많은 이가 목적을 위한 수단으로 사랑합니다. 자신의 이득을 먼저 생각하는 욕심이 들어 있기 때문입니다.

셰익스피어는 이런 말을 했습니다.

"프러포즈할 때 남자의 마음은 5월이지만, 결혼한 뒤에는 12월이 된다."

구애할 때는 5월의 날씨처럼 마음이 화창하고 맑지만, 결혼하면 곧바로 겨울처럼 시리고 추워진다는 것이지요. 결혼을 사랑의 목표이자 종착지라 착각하는 사람들의 일반적인 특성입니다.

혼자 살 때는 여러모로 자유로움이 많습니다. 쉬고 싶을 때 맘껏 쉴 수도 있고, 하고 싶은 일만 할 수도 있습니다. 그러나 결혼하면 쉬고 싶어도 쉴 수 없고, 하고 싶은 일을 자제해야 할 때도 있게 마련입니다. 그런데도 결혼하는 이유는 무엇일까요? 함께 있는 것이 너무도 좋고 마냥 행복하기 때문입니다. 사랑하기 때문이죠. 그리고 이 사랑은 서로 부족한 부분을 채워주기에 충분합니다. '그러니까'가 아니라 '그럼에도 불구하고' 하는 것이 사랑입니다. 그래서 이 사랑의 전제에 대한 명확한 인식이 필요합니다.

미국의 한 남자가 너무 싫어했던 아내와 이혼한 후 결혼상담소에 찾아가서 자기 이상형을 찾아달라고 했습니다. 결혼상담소에서는 그 이상형에 맞춰서 컴퓨터에 입력된 3만 명의 여성 중 한 여성을 골라주었는데, 남자는 깜짝 놀랄 수밖에 없었습니다. 상담소에서 추천해준 여성이 얼마 전에 헤어진 자기 부인이었기 때문입니다.

어떤 사람은 배우자를 바꾸면 지금보다 더 행복하리라 생각하지만, 행복하게 살려면 자기를 먼저 바꿔야 합니다. 사랑을 먼저보고 사랑 안에서 모든 것을 바라볼 수 있는 자신이 되어야만 합니다.

우리는 계속해서 완벽한 상대를 찾아 헤매지만, 안타깝게도 그런 사람은 세상에 없습니다. 그러나 내 마음을 바꾸면 부족한 상대가 사랑을 통해 완벽한 상대가 됩니다.

해주세요 지지와 응원을

> 낱말 하나가 삶의 모든 무게와 고통에서 우리를 해방시킨다.
> 그 말은 바로 사랑이다.
>
> 소포클레스, 고대 그리스의 비극 시인이자 정치가

명절이 되면 친척들의 질문에 너무 힘들다고 하는 사람들이 많습니다. 대부분 질문은 여유치 않은 현실과 관련해 타박하는 내용이기 때문입니다. 특히 결혼, 자녀출산, 취직 같은 질문은 당사자들에게는 정말로 곤혹스럽습니다. 질문을 받으면 표정이 좋아질 리 없겠지요. 그러면 곧바로 이런 말이 이어집니다.

"너무 언짢게 생각 마라. 다 너 잘되라고 하는 말이니까."

그러나 그게 정말로 걱정되어서 하는 말일까요? 걱정하고 염려한다면 굳이 명절이 아니더라도 또 직접적으로 물어보지 않고 알 만한 사람을 통해 조용히 물어봤을 것입니다. 결국 상대방의 입장이나 기분을 고려하지 않고 내뱉는 말에 지나지 않습니다.

가족이라고 해도 함부로 해서는 안 될 말이 있습니다. 그러나 가족이라는 비사회적 관계의 특수성 때문에 더 함부로 말하는지도 모르겠습니다. 가족이라면 오히려 당사자를 기다려주고 믿어주고 이해하고 지지해줘야 하는 게 아닐까요. 어린아이에게는 무조건 "잘했다. 잘했다"라고 말하지만, 성인이 되어서는 "도대체 어떻게 하려고 그래?"라면서 한심한 눈으로만 바라봅니다. 그러나 성인 역시 어린아이처럼 응원과 지지가 필요합니다.

초등학교 때, 담임 선생님이 반 아이들에게 장래 희망을 물었던 적이 있었습니다. 아이들은 대통령, 장군, 과학자, 선생님, 소방관 같은 장래 희망을 이야기했지요. 그때 저는 "신부요"라고 저의 장래 희망을 자신 있게 말했습니다. 그러자 아이들이 이런 식으로 놀려대는 것입니다.

"너는 남잔데 어떻게 신부가 되니?"(신랑 신부의 '신부'로 생각했나 봅니다.)

"네가? 너 같은 애가 어떻게 신부님이 될 수 있어?"(그렇게 모범적이지 않았던 제가 신부님 된다는 것을 이해할 수 없었나 봅니다.)

"신부님은 결혼할 수 없어. 그런데 너 여자 좋아하잖아."(여자아이들과 친하게 지냈기 때문에 이런 말을 했던 것 같습니다.)

친구들의 이야기 때문에 크게 위축되고 말았습니다. 그때부터 과학자, 선생님 등을 장래 희망이라고 했습니다. 그러다 보니 실제로 신부가 되고자 했던 희망이 점점 줄어들었습니다. 심지어 신부가 되는 것이 올바른 선택이 아닐지도 모른다는 생각마저 들었습니다.

고등학교에 진학하고 어떤 사건을 계기로 다시 신부가 되겠다는 결심을 다지게 되었고, 마침내 초등학교 때 장래 희망을 이루게 되었습니다. 하지만 남들의 시선에 계속 신경을 썼다면, 저의 꿈을 이룰 수 없었습니다. 어떤 경우에도 남들이 내 삶을 대신 살아주지 않습니다. 남들의 시선에만 신경 쓰다 보면 스스로 속이며 거짓된 삶을 살 수밖에 없습니다. 어느 경우이든 그 꿈을 지지해주어야 꿈을 이룰 수 있는 환경이 조성된다고 생각합니다. 특히 가까운 사람들일수록 말이죠. 아이들도 그렇지만 사실 어른들도 지지와 응원이 필요합니다.

불러옵니다
호의가 호의를

당신이 행한 봉사에 대해서는 말을 아끼라.

허나 당신이 받았던 호의들에 대해서는 이야기하라.

세네카, 로마 제정시대의 정치가

제가 있는 갑곶 성지로 저의 강의를 들으러 오는 분들이 많습니다. 적게는 1시간, 많게는 2시간 30분 이상의 강의를 들으러 긴 시간을 할애해 갑곶 성지까지 옵니다. 한 번은 강의를 들으러 오신 분들에게 이런 질문을 했습니다.

"저는 지금 강화에 살고 있습니다. 강화 하면 무엇이 유명합니까?"

그러면 사람들은 대부분 강화 소개 자료에서 본 것들을 간단하게 답합니다. 진달래 축제, 화문석, 인삼, 장어, 복어, 밴댕이, 숭어…. 그러면 다시 한번 질문합니다.

"제가 지금 강화에 살고 있습니다. 강화 하면 무엇이 유명하죠?"

그러면 눈치 빠른 분들이 말합니다.

"빠다킹 신부요."

그러면 저는 "제 강의를 들으러 이 강화까지 왔으니 당연히 저를 먼저 찾아야 하지 않겠습니까? 이 먼 곳까지 오신 이유가 저 때문일 테니까요"라고 합니다. 사실 이런 도입은 한 유명 강사가 사용하던 방법을 살짝 바꿔서 사용해본 것입니다.

우리의 삶도 그러합니다. 자기 삶의 목표를 분명히 알고 살아가면서 그것에 집중해야 진정한 의미를 찾을 수 있습니다. 목표와 생각이 서로 다른 방향을 향한다면, 진정으로 얻고자 하는 것을 얻을 수 없습니다. 저의 강의를 듣고서 도움을 얻겠다는 목표가 있어야 강의에 집중할 수 있습니다. 만약 강의 후에 사람들과 함께 먹을 장어만 떠올린다면, 강화의 아름다운 경관을 바라볼 생각만 한다면 강의를 통한 원래의 목표를 이룰 수 없습니다.

가정에서, 사회에서, 그리고 삶에서 얻고자 했던 나 자신의 목표가 무엇인지를 떠올려보십시오. 그 목표를 분명히 알고 집중할 때 분명한 의미를 찾을 수 있습니다. 누군가 이런 말을 했습니다. 생각이 바뀌어야 말이 바뀌고 행동이 바뀐다고 말이지요. 지금을 바라보는 내 생각을 바꾸어야 할 때입니다. 생각이 바뀌지 않으면 두려움과 불안 속에서 살 수밖에 없기 때문입니다.

지금을 사는 우리 역시 마찬가지입니다. 내 생각을 바꾸지 못한다면, 진정한 목표를 향해 나아가지 못하고 두려움과 불안의 굴레에 계속 머물러 있을 수밖에 없습니다.

제가 자주 가는 가게가 있습니다. 가게 주인이 매사에 친절한 것은 물론이고 상대방을 기분 좋게 해주기 때문입니다. 며칠 전에도 살 물건이 있어서 가게에 들렀는데, 저를 보더니 이렇게 말씀하십니다.

"오늘 왜 이렇게 멋지게 하고 왔어요? 무슨 좋은 일 있어요?"

그저 평범한 일상복을 입고 갔을 뿐인데 멋지다고 추켜세우는 것입니다. 빈말이라 하더라도 이 말에 기분이 상했을까요? 괜히 마음에도 없는 말을 한다고 화를 냈을까요? 아닙니다. 딱히 그렇지 않다는 것을 알면서도 기분이 좋아졌고, 그 집을 떠올릴 때마다 기분이 좋아지기 때문에 계속해서 가는 것입니다. 그리고 더 중요한 것은 저의 반응입니다. 어떻게 대답했을까요? "감사합니다"라는 말과 함께 "사장님께서도 오늘따라 젊게 보이시는데요?"라고 했습니다.

좋은 말은 좋은 말을 불러들이고 나쁜 말은 나쁜 말을 불러들입니다. 이 단순한 사실을 모르는 사람은 없습니다. 우리는 그 사실을 알면서도 망설이지 않고 부정적인 말과 행동을 합니다.

실제로 영국의 샌드위치 프랜차이즈인 프레 타 망제는 직원들이 손님을 응대할 때, 자연스러운 옷차림에 날씨 이야기를 나누도록 교육했습니다. 단순히 몇 마디 긍정적인 말을 했을 뿐인데, 매출이 20%나 상승했다고 합니다. 브리티시컬럼비아대학교의 연구에서는 종업원과 수다를 떤 손님이 그렇지 않은 손님보다 기분 좋게 매장을 나섰다는 사실을 밝혔습니다. 나와 마주하는 사람을 이해하고 배려하려는 자세가 필요합니다. 오늘 하루 마주칠 사람들에게 힘이 되어주는 말을 하는 데 마음을 기울여보면 어떨까요?

그러나 속죄를 꼭 고통 속에서 할 필요는 없다.

발전적인 방법으로 속죄할 수도 있다.

실수를 교정하는 것은 긍정적인 행동이자 성숙시키는 행동이다.

바바라 홀, 캐나다의 법률가이자 정치인

사자나 표범처럼 사나운 맹수를 집에서 키우는 해외토픽 영상을 종종 봅니다. 맹수의 배를 베개 삼아 누워 있기도 하고, 함께 뛰어 놀면서 애교를 부리는 모습을 보면 어떻게 그럴 수 있을까 싶습니다. 맹수도 충분히 반려동물처럼 키울 수 있다고 하더군요. 태어났을 때부터 단 한 번도 고기를 먹이지 않고 키우면, 맹수의 습성을 보이지 않는다고 합니다. 그런데 실수로 피 맛을 보면 어떻게 될까요? 그때는 상상하기 싫은 일이 벌어질 수도 있습니다. 단 한 차례의 피 맛으로 자신이 가졌던 야생의 습성이 살아나기 때문입니다.

집에서 반려동물로 키웠던 맹수가 사람들과 함께 살 정도로 온순했던 것은 훈련보다도 살아 있는 고기를 단 한 번도 먹어본 적이 없었기 때문입니다. 문득 우리 인간 역시 마찬가지라고 생각하게 됩니다.

사람들과 함께 어울리면서 사랑을 실천하는 사람들이 있습니다. 악한 사람들이 많다는 세상 안에서 따뜻한 사랑을 실천하는 사람들이 그들입니다. 그분들은 죄를 멀리하고 선을 행하는 데 최선을 다합니다. 죄를 멀리하기에 함께 어울리면서 살아갈 수 있습니다.

사실 유혹이란 건 사람에게 큰 감정의 소용돌이로 다가옵니다. '딱 한 번인데 어때? 남들도 다 하는데 어때? 이번 딱 한 번만 하자.'

이런 식의 유혹이 자신이 가진 좋은 가치관을 배반하게 하고, 결국 사람들과도 함께 어울려 살아가는 데 힘들게 합니다. 유혹에서 벗어나려면 유혹을 과감하게 이겨내는 힘이 필요합니다. 그 '딱 한 번'을 이길 수 있는 힘이 우리를 기쁘고 행복한 삶으로 이끈다고 할 수 있습니다. 그 작은 하나가 우리의 삶을 변화시킵니다. 죄악을 멀리하고 선을 행하는 데 늘 '딱 한 번'의 용기를 낼 수 있어야 합니다. 그 한 번의 유혹을 이겨내면 다른 유혹에도 거절할 용기가 생깁니다.

제가 중학교 때, 학생들 사이에서 한 스포츠 브랜드 회사의 흰 양말을 신는 것이 유행이었습니다. 이 흰 양말을 신은 아이들이 얼마나 멋져 보였는지 모릅니다. 꽤 부러웠습니다. 저 역시 이러한 유행을 따라 주변 사람들에게 멋진 모습을 보이고 싶었지만, 이 양말을 사기에는 저의 용돈이 너무 부족했지요. 어느 날 한 친구가 어느 집 빨랫줄에 이 양말들이 걸려 있다면서 훔치자고 합니다. 아무도 모를 것이라면서, 그리고 친구들에게 흰 양말을 신은 멋진 모습을 보여주자면서 말이지요.

물론 훔치지는 않았지만, 당시의 저에게 그 유혹은 결코 사소하지 않은 고민이었습니다. 그러한 생각을 했다는 것만으로 한동안 심한 양심의 가책을 느꼈습니다. 지금 생각해보면 그 양말은 정말 우스꽝스럽고 촌스러운 패션 아이템이었습니다. 아마 지금 그 패션이 유행이라며 따라 하라고 하면 절대로 못 할 것만 같습니다. 별것도 아닌 것, 그러나 남들에게 잘 보이려고 했던 마음이 큰 유혹이 될 수 있으며 죄를 범할 수도 있다는 점을 명심해야 합니다.

이처럼 자신을 남에게 잘 보이려고 할수록 고통스러울 때가 많습니다. 자신을 다른 사람에게 잘 보이기 위해서 때로는 거짓말도 하게 됩니다. 또한 이를 잘 기억해야 일관성 있게 거짓말을 할 수 있기 때문에 늘 신경을 곤두세워야만 합니다. 그래서 더 큰 고통으로 다가올 수밖에 없지요.

쉽고 편하게 사는 법은 있는 그대로의 모습으로 사는 것입니다. 크게 보이려고 하지 않고, 잘나 보이려 하지 않고 그냥 자신의 단점도 또 장점도 있는 그대로 보여주면 됩니다. 그리고 자신이 할 수 있는 만큼의 사랑을 실천하면 됩니다. 의지만 있다면 어렵지 않은 일입니다.

진심에서 나오는 말만이 사람의 마음을 움직일 수 있고
밝은 양심에서 나오는 말만이 사람의 마음을 꿰뚫는다.

윌리엄 펜, 영국의 신대륙 개척자

저는 강화도에 살고 있습니다. 시골이지만 좋은 점은 상당히 많지요. 공기도 좋고, 조용하고, 더군다나 순교성지이기 때문에 영적 생활을 하는 데 이보다 더 좋은 곳은 없을 것입니다. 그런데 간혹 강화에 사는 것이 힘들 때가 있습니다. 신부님들을 만나러 도심지에 나갈 때입니다. 오랜만에 만났다고 식사하면서 술을 권하면 망설이게 됩니다. 술을 안 마시자니 저 때문에 분위기가 깨질 것만 같고, 술을 마시자니 강화도로 돌아오는 길이 수월하지 않기 때문입니다. 도심지야 대리운전 기사를 부르면 되겠지만, 강화도까지 가겠다는 대리운전 기사님을 만나기가 쉽지 않습니다.

지난번에도 몇 번의 시도 끝에 겨우 대리운전 기사님이 배정

되었습니다. 먼 거리인 만큼 가격도 제법 비쌉니다. 그런데 대부분 기사님은 도착해서는 투덜대며 이렇게 말합니다.

"이렇게 구석진 곳에 내리면 저는 어떻게 갑니까? 차도 안 다니는 것 같은데…. 이래서 강화도는 콜이 와도 받지 말아야 하는데…. 돌아가는 것이 막막하니 택시비라도 얹어주십시오."

하루는 또 대리 기사님을 불러야 했는데, 이번에 배정받은 대리운전 기사님은 아주 친절했습니다. 낮에 직장에 나가고 밤에도 대리운전까지 하며 열심히 일하는 자신에 대한 자부심도 강했습니다. 이렇게 열심히 살아가는 모습에 큰 감동을 받았습니다. 그래서 감사하는 마음을 담아, 대리비에 1만 원을 더 얹어드렸습니다. 그랬더니 자기는 일한 만큼만 받으면 된다며 돌려주었습니다. 계속된 실랑이에 이분은 "그러면 5,000원만 더 받겠습니다"라면서 5,000원을 거슬러 주었습니다.

상대방을 통해서 어떤 가치와 의미를 얻게 되면, 더 많은 것을 상대에게 주고 싶어지는 것이 인지상정입니다.

폭력은 정의의 적이다.

평화만이 참다운 정의를 가져올 수 있다.

요한 바오로 2세, 로마 가톨릭교회의 제264대 교황이자 성인

제2차 세계대전이 끝난 직후, 미주개발은행[IDB]은 후원단과 함께 볼리비아 티티카카 호수 근처의 한 인디언 마을을 방문합니다. 그 마을에 수력발전소를 세우기 위한 사전조사차였지요. 그런데 조사를 마치고 보니 준비했던 경비가 꽤 많이 남았습니다. 후원단은 마을 원로들을 만나서 남은 경비로 마을에서 가장 시급한 문제를 해결해주고 싶으니 알려달라고 요청했습니다. 인디언 원로들은 마을 회의를 연 뒤 그곳에서 결정된 사항을 후원단에게 전했습니다.

"우리에게 가장 시급한 것은 새로운 악기입니다."

후원단은 뜻밖의 말에 놀랐습니다. 왜냐하면 자신들이 보기에 마을에 필요한 것은 당장 생활을 개선할 수 있는 전기나 하수도,

당신에게 이르는 머나먼 길

통신 시설 등이라고 생각했기 때문입니다. 원로들은 이렇게 말했
습니다.

"우리 마을에서는 누구나 악기를 연주합니다. 주일에는 미사
후에 성당 마당에 모여 음악회를 열고 연주가 끝나면 공동체 문제
도 의논합니다. 그런데 우리의 악기가 오래돼서 망가져갑니다. 음
악이 없으면 우리도 그렇게 될 것입니다."

이스라엘의 나자렛에 가면 성모 영보 성당이 있습니다. 이 성
당은 원래 4세기 중엽에 건축되었지만, 7세기에 이슬람교도들에
의해 완전히 파괴되었습니다. 몇 차례 성당이 세워지고 파괴되기
를 반복하다가 1954년 바실리카 양식으로 신축되어 1969년에
완공되었습니다. 그런데 이 성당을 지을 때 반대가 참으로 많았다
고 합니다. 어렵게 사는 사람들이 그렇게 많은데 성당을 짓는 데
들어갈 어마어마한 비용이 아깝다는 이유였습니다. 이 대성당을
지은 신부님은 이런 이야기를 했다고 합니다.

"성당을 짓는 데 드는 비용은 사람들을 죽이는 전투기 한 대
값도 안 됩니다. 과연 이게 아까운 일입니까? 그리고 쓸데없는 일
입니까?"

현재 가장 비싼 전투기는 2,000억 원이 넘는다고 합니다. 한
국에서 도입한 스텔스 전투기도 1,400억 원 가까이 됩니다. 2018
년 국방예산은 13.5조 원입니다. 전쟁의 위험이 없다면 국민 삶의

질을 높이는 데 아주 요긴하게 사용할 수 있는 비용입니다. 전 세계에서 국가 간의 폭력이 사라지고 평화가 도래해 전쟁 비용을 사람들을 위해 사용한다면 어떨까요? 최소한 이 지구에서 가난으로 인해 발생하는 질병과 굶어 죽는 사람들은 사라질 것입니다.

물론 말처럼 쉽지 않겠죠. 그러나 세계의 모든 나라가 자국의 안보를 위해 지출하는 비용이 어마어마할 정도로 막대하다는 사실을 부인할 수 없습니다. 이 비용은 점점 더 늘어날 수밖에 없을 것입니다. 평화를 간직할 수 있도록 사람들을 변화시킬 수 있는 곳에 투자한다면, 어쩌면 가장 적은 비용으로 평화를 이룰 수 있는 것이 아닐까요? 세계의 모든 이가 진정 평화를 원하고 무엇이 평화를 가져다주는지를 살필 수 있는 지혜가 필요합니다. 우선 나와 당신, 우리로부터.

마음으로

어린아이 같은

> 순진함과 모든 완전한 가능성을 지니고 있는 어린이들이
> 끊임없이 태어나지 않는다면, 세계는 얼마나 무시무시한 것으로 변했을까.
>
> 존 러스킨, 영국의 비평가이자 사회사상가

정신과 의사 데이비드 번즈는 결혼생활을 불행하게 하는 원인을 조사했습니다. 그는 최소 5~10가지 정도의 요인이 있으리라 예상했지만, 결정적인 이유 하나를 발견했습니다. 그것은 서로를 향한 비난이었습니다. 결혼하는 가장 큰 이유는 서로에 대한 사랑 때문이겠지만, 그 사랑이 비난으로 바뀌는 순간 미움의 감정이 커져 함께 살아갈 수 없게 됩니다.

어느 과학자가 이렇게 자기를 소개했다고 합니다.

"저는 과학만 잘하는 사람이 아니라 과학도 잘하는 사람이 되고 싶습니다."

사람들은 모든 것을 다 잘하고 싶어 하지만, 그것은 불가능한

일입니다. 그래서 최선의 선택을 해야 합니다. 예를 들어보지요. 돈만 많이 버는 사람과 다른 것은 다 잘하는데 돈만 못 버는 사람 중에서 누구를 선택하겠습니까? 명예만 추구하면서 높은 자리에 오르는 사람과 명예는 없지만 모든 면에서 훌륭한 사람 중에 누구를 선택하겠어요? 그렇습니다. 어떤 사람을 선택해야 할지 명확해집니다.

언젠가 인터넷에 떠도는 초등학생 시험 답안지를 보았습니다. 국어 시험 문제로 빈칸을 채워 속담을 완성하는 것이었지요. 그 문제는 다음과 같았습니다.

'사촌이 땅을 사면 ○○ ○○다.' 물론 답은 '배가 아프'다입니다. 그런데 그 초등학생의 답은 뜻밖이었습니다.

'사촌이 땅을 사면 함께 보러 간다.'

재미 있으면서 많은 것을 생각하게 하는 답입니다. 사촌이 땅을 사면 시기심에 배앓이를 한다는 속담을 완성하라는 문제였는데, 아이가 쓴 답에는 시기심이나 질투를 찾아볼 수 없습니다. 단지 어떤 땅을 샀는지 함께 보러 가겠다는 생각입니다. 아이의 순수함을 엿볼 수 있는 답이 아닐까요? 시험에서는 오답으로 처리되겠지만, 우리의 생활에서는 정답일 수도 있습니다. 그러면서 어른들도 아이들처럼 순수함을 가지면서 살아간다면, 이 세상에 시기심이나 질투가 가득할까 싶더군요.

우리는 이것저것 재면서 정말로 해야 할 일을 하지 않습니다. 어린이들에게는 이런 마음을 잃지 않도록 더 큰 관심과 사랑을 주어야 할 것이며, 우리 자신도 그 순수한 마음을 키울 수 있도록 노력해야 합니다.

즐겨야지요 즐거울 땐

당신이 선택한 모든 것에서 즐거움을 찾아라.
일, 관계, 집…. 그것들을 좋아할지 바꿀지는 당신의 책임이다.

척 팔라닉, 미국의 소설가

예전의 제 모습을 아는 분들을 오랜만에 만나면 하나같이 이런 식으로 이야기합니다.

"아직도 탁구 치냐?"

저의 예전 모습을 기억하는 분이 지금 저와 함께 지내는 신부님에게 저에 대해 이렇게 이야기했습니다.

"그 신부님하고는 절대로 탁구 치지 마라."

저에 대한 기억은 모두 '탁구'로 통하나 봅니다. 왜 다들 탁구 이야기만 할까요?

제가 살던 고향 집에 탁구대가 있어서 초등학교에 들어가기 전부터 탁구를 했습니다. 한때 탁구 선수가 되려고 노력하기도 했

고, 실제로 대회에 출전했던 경험도 있습니다. 이쯤이면 탁구를 정
식으로 배운 적이 없는 사람이 저의 상대가 되지 않는 것은 당연
하겠지요. 그런데 왜 제 모습 중에서 탁구를 잘한 것만 기억할까
요? 그건 바로 저의 유별난 승부근성 때문이었습니다.

실력이 저보다 많이 떨어져도 봐주지 않아 21대 0이라는 압
도적인 스코어(지금은 11점으로 승부를 가리지만 당시에는 21점이었습니다) 차
이로 이길 때도 많았습니다. 그냥 탁구를 즐기는 것이 아니라, 이
기는 것이 목적이었습니다. 지금 생각하면 참 부끄럽기 짝이 없
는 일이었습니다.

저는 당시 왜 그렇게 승부에 집착했을까요? 아마도 잘하는 것
이 이것밖에 없다고 생각했기 때문인 것 같습니다. 이것저것 두루
두루 잘했더라면, 그렇게까지 탁구에서 이기는 데 집착하지 않았
을 것입니다. 그런 저의 모습이 인상적이었는지, 저에 대한 기억은
모두 '탁구'가 된 것이지요.

이기는 것이 중요하다고 생각하는 것은 세상의 논리이며, 전문
적인 선수들의 근성입니다. 그게 아니더라도 승부가 걸린 거라면
이겨야 재미가 붙는 것도 사실입니다. 하지만 더 중요한 것은 이
기는 것이 아니라 지금을 즐기는 것입니다. 즐기는 것이 진정으로
이기는 것이 아닐까요?

지인 중에서 자기 몸을 끔찍하게 챙기는 분이 있습니다. 겉모

습은 아주 튼튼해 보이는데도 늘 어딘가 아프다며 힘든 표정을 많이 짓습니다. 하도 그래서 병원에 가보라고 하니, 벌써 병원에 다녀왔다고 합니다. 그런데 병원에서도 그 이유를 모르겠다고 하더군요. 그러면서 늘 다량의 건강 보조제를 드시고, 유기농으로만 식단을 꾸려서 드십니다. 여기에 규칙적인 생활과 운동까지 아주 열심히 하는 분입니다.

저는 이런 모습을 보면서 그분에 대해서 참 많은 생각을 했습니다. '얼마나 오래 살려고 그러는 거야?' '일부러 불쌍해 보이려고 그러는 건가?' '너무 건강에 집착하니까 신경성일 거야' 이런 식으로 생각했습니다.

감기를 아주 심하게 앓은 적이 있었습니다. 머리는 아프고 열은 오르고 온몸이 내 몸 같지 않았습니다. 여기에 콧물과 가래로 인해서 강의하기도 힘들었습니다. 몸이 불편하니까 기도하는 것도 귀찮아지고 책을 보는 것도 힘들어졌습니다. 평소에 조금 더 몸에 신경 쓰지 못한 걸 후회했습니다.

이렇게 심하게 감기를 앓다 보니 자신의 건강에 신경 쓰는 분에 대한 생각이 바뀌었습니다. 오래 살려고 몸에 신경 쓰는 것이 아니었을 것입니다. 그보다는 지금을 더 잘살려고, 지금 해야 할 일과 또 좋아하는 일을 하려면 당연히 몸부터 챙겨야 합니다. 하지만 저는 몸을 챙기는 일을 대수롭지 않게 생각하면서, 오히려 자신의 몸을 소중하게 여기는 분을 오해했던 것입니다.

누구에 대해 옳고 그름을 판단하기에 앞서서 그 안의 의미를 찾는 데 더욱더 신경 써야 합니다. 어쩌면 그분은 자신의 삶을 즐겼던 것인지도 모릅니다. 새삼 이젠 저도 일이나 운동에서 즐기는 삶을 살아야겠다고 생각해봅니다.

썼던 연애편지
모르는 사람에게

좋은 책을 읽는 것은 과거 몇 세기의 가장 훌륭한 사람들과
이야기를 나누는 것과 같다.

르네 데카르트, 프랑스의 철학자·수학자·물리학자

많은 분이 젊은 시절에 연애편지를 써봤을 것입니다. 저 역시 사제가 되겠다는 마음을 키우던 신학생 시절에 연애편지를 많이 써봤지요. '아니, 신학생 때 연애했다는 거야?'라면서 인상을 찌푸리실 분도 계실지 모르겠지만, 사실은 군대에 있을 때 선임병의 부탁으로 어쩔 수 없이 쓴 것입니다.

선임병의 강요 섞인 부탁으로 연애 한 번 해본 적이 없는 제가 얼굴도 모르는 누군가에게 편지를 썼습니다. 과연 연애편지를 잘 쓸 수 있었을까요? 한 글자도 쓸 수 없을 것 같았지만, 이상할 정도로 너무 잘 써졌습니다. 선임병도 마음에 들어 했고, 편지를 받던 상대 역시 좋아했는지 선임병이 제대할 때까지 계속해서 만났

당신에게 이르는 먼 나먼 길

던 것으로 기억합니다.

얼마 뒤에 어버이날을 맞이해서 부모님께 감사의 편지를 쓰려고 펜을 들었습니다. 그런데 이번에는 도무지 써지지 않아 얼마나 쩔쩔맸는지 모릅니다. 꿀 먹은 벙어리가 된 것만 같았습니다. 모르는 사람에게도 연정의 마음을 듬뿍 담아 편지는 썼는데, 요즘 마음이 어떠실까 속속들이 알 것만 같은 부모님께는 편지 한 줄 써 내려가는 것이 왜 이리 고역이었을까요?

남에 대한 이야기는 신나게 하지만 정작 자기 자신에 대해서는 잘 이야기하지 못하는 습성 때문이 아닐까요? 한마디 한마디에 대해 특별히 책임이 따르지 않는 경우와 많은 것을 고려해서 말해야 하는 경우의 차이라고 생각합니다. 어차피 속사정을 모르니 요청한 사람의 마음만 대신 전하면 그만인 연애편지는 쉽게 썼지만, 부모님의 마음까지 헤아려야 했기 때문에 어렵게 느껴졌던 것 같습니다.

굳이 책임지지 않아도 될 때 우리는 생각 없이 함부로 말하는 경향이 있습니다. 남에 대해서 특히 모르는 사람을 향해 던지는 나의 헛된 말들을 없애고, 누구에게든 진실한 마음으로 다가갈 수 있어야 합니다. 그럴 때 의미 있는 관계가 형성됩니다.

조금 다른 이야기입니다만, 선임병의 연애편지 대필이 수월했던 것은 평소 책을 많이 읽어서 가능했던 게 아닌가 싶습니다. 사실 저는 어렸을 때 책 읽기를 무척 힘들어했습니다. 까맣고 작은 활자들로 가득한 책 자체가 어렵고 피곤하게 느껴졌지요. 누군가 책을 읽으면 새로운 세상이 펼쳐진다고 해서 누님이 보던 소설책을 봤던 적이 있습니다. 그런데 그런 세상이 펼쳐지기는커녕 하염없이 졸음만 쏟아졌습니다. 제게는 책이 맞지 않는 것 같아 점점 더 멀리했습니다. 이렇게 어렸을 때 제게 책이란 그저 지루하기만 할 뿐, 가까이하기에는 너무나 먼 당신이었습니다.

이런 상태에서 신학교에 들어갔고, 신학교 생활을 하면서 책의 중요성을 느껴 열심히 책을 읽게 되었습니다. 이제는 책 없이는 못 살 정도로 항상 책을 끼고 다니면서, 다른 이들에게 책의 소중함을 끊임없이 외치는 책 예찬론자가 되었습니다. 제 이름으로 출판된 책도 9권이나 됩니다.

꽤 많은 분이 저의 글을 좋아해주시기도 하는데, 그 이유를 물으면 대부분 제 글이 어렵지 않고 쉽게 이해할 수 있기 때문이라고 합니다. 실제로 저는 글을 쉽게 쓰려고 노력합니다. 어려운 단어나 복잡한 문장보다는 쉽고 단순한 글을 쓰려고 합니다. 바로 어렸을 때 가졌던 책에 대한 어려움을 기억하기 때문입니다. 즉 책 읽기가 힘들었던 기억 때문에 사람들이 어렵지 않고 쉽게 읽을 수 있는 글을 써야 한다고 생각하게 되었고, 실제로 그렇게 글을 쓰려고 노력합니다.

사람들에게 무작정 책을 읽으라고 할 필요는 없습니다. 그보다는 단 한 권의 책을 읽더라도 스스로 의미를 찾는 것이 더 중요하다는 점을 깨닫습니다. 로고테라피의 창시자인 빅터 프랭클 박사도 의미를 찾는 것이 얼마나 중요한지를 밝혔지요. 삶의 의미를 찾을 수 있는 사람만이 지금을 힘차게 살 수 있습니다. 책에 푹 빠졌던 그 시절이 있었기에 저 또한 매사에 자신감을 잃지 않았다고 생각합니다.